Mitä sinä haluat?

Haluaminen on halpaa – vai onko?

Hannu Virta

© **2025 Hannu Virta.**

Kannen suunnittelu: Jani Virta

Kustantaja: BoD · Books on Demand, Mannerheimintie 12 B,
00100 Helsinki, bod@bod.fi
Kirjapaino: Libri Plureos GmbH, Friedensallee 273,
22763 Hampuri, Saksa

ISBN: 978-952-80-9423-4

Omistettu ihmiselle,
jota en ole vielä tavannut

I

Prologi

Mitä Sinä haluat?

Tämän kysymyksen esittää vihanhallintaterapeutti asiakkaalleen ensin saadakseen selville vihan lähteen.

Saman kysymyksen esittää myös mafiapomo asiakkaalleen saadakseen selville, millä hinnalla tämän saa toimimaan halutulla tavalla.

Tavoitteet kuulostavat samoilta, mutta niissä on eettisesti ja moraalisesti aikamoinen ero.

Yhteistä kuitenkin se, että niillä pyritään vaikuttamaan.

Meitä on täällä jo yli 8 miljardia. Jokainen haluaa omaa asiaansa, mikä se sitten onkin.

Miten siis voisi olla mahdollista, että löytyisi kaikille sopiva yhteinen asia tarjottavaksi?

Aivan oikein. Melko mahdoton tehtävä. On siis tärkeätä, että voimme olla jonkinlaisessa vuorovaikutuksessa keskenämme.

Tämä kysymys on kuitenkin keskeinen kaikille tämän planeetan asukkaille. Globaalisti ja paikallisesti. Olemme kaikki myös vastuussa tämän planeetan tulevaisuudesta.

Vastuu onkin sitten monimutkaisempi asia kuin haluaminen.

Tämä kirja ei ole tieteellinen lopulliseen totuuteen pyrkivä opus, joka kertoisi, mitä sinun pitäisi haluta. Tämä on pamflettikirja, joka tarjoaa keskustelun avaamiseksi yhden näkökulman.

1/8 000 000 000sta.

Oma vastaukseni on pyrkiä ymmärtämään tätä maailmanmenoa ja oppia elämään oikeilla arvoilla optimaalisesti täällä.

Onko meitä täällä liikaa elinolosuhteisiin nähden vai onko meitä liian vähän sellaisia, jotka aikuisen oikeasti ovat kiinnostuneita muustakin kuin pelkästään omasta hyötymisestään?

Se, kumpaan suuntaan ajattelumme suuntautuu kertoo oikeastaan paljon olennaista meistä.

Muutenkin se, miten suhtaudumme elämään ja miten kohtaamiimme ihmisiin, kertoo enimmäkseltään valitsemistamme asenteista.

Näemme toisemme omista lähtökohdistamme, kunnes alamme tutustua toiseen ihmiseen niin, että voimme nähdä hänet enemmän sellaisena kuin hän oikeasti on. Siihen asti heijastamme omia tuntemuksiamme häneen. Olipa sitten kysymys tuomitsemisesta tai palvomisesta.

Näinpä helposti eksymme toisistamme oletuksilla ja ennakkoluuloilla.

Tämä toimii niin komedioissa kuin elävässä elämässäkin. Mielikuvat alkavat elämään omaa elämäänsä ja seuraamme niitä kohti uusia väärinkäsityksiä, koska olemme niin vakuuttuneita juuri meidän näkökulmamme oikeudesta.

Maailman määritteleminen tyhjentävästi kategorisoimalla kuulostaa vähän kuin alkemistien touhulta. Kasvava ymmärrys sen sijaan on aika mielenkiintoinen elämänasenne aikana, jolloin internet on tuonut lähes rajattoman määrän erilaista tietoa. No jaa, siis periaatteessa rajattoman. Onhan jokainen viesti myös vaikutusyritys.

Jokainen kuitenkin määrittelee todellisuuden omista lähtökohdistaan.

Sinä voit täydentää tätä näkemystäni omallasi.

Hyvä ja paha ovat myös pitkälti määrittelykysymyksiä. Friedrich Nietsche etsi totuutta Hyvän ja Pahan tuolta puolen. Hänen työnsä jäi kesken, mutta niinhän käy itse kullekin aikanaan.

Maailma, jossa elämme, elää omilla tavoillaan. Joitain asioita voimme muuttaa, mutta aika epätoivoista olisi haluta sen toimivan halujemme pohjattomana lähteenä.

Elämämme tällä planeetalla on ajallisesti rajallinen. Kun tulee aikamme lähteä, tyly totuus, että emme vie täältä mitään. Hyvät muistot tosin lämmittävät. Niinpä onkin parempi muistella hyviä asioita, joita olemme tehneet. Ei vain itsemme vuoksi vaan myös laajemmin.

Mitä enemmän maallista mammonaa olemme koonneet viekkaudella ja petoksilla, sitä varmempia voimme olla, että viekkaat ja petolliset perijät helposti laittavat sen jälkeemme menemään omien halujensa mukaan.

Sitä ei ole niin mukavaa miettiä, joten mukavampi vaihtoehto on elää elämä, jota ei tarvitse katua.

Tänä keväänä olen ollut aika lailla surullinen siitä, miten herkästi ihmisiä voidaan manipuloida vihaenergian piiriin siirtämällä omat demonit muiden kannettavaksi.

Tuntuu, että ihmiset menevät sinne, minne heitä viedään vaikka se olisi selkeästi heidän etunsa vastaista. Pelko ja viha voivat lamaannuttaa meidät, ellei meillä ole vastavoimaa niille.

Toisaalta myös on mahdollista luoda kokonaan uusi energiakenttä, joka keskittyisi olennaiseen: planeettamme säilyttämiseen elinvoimaisena. Ei se oikeastaan sen kummallisempaa ole.

Ihan helppoa se ei ole kun seuraa, miten vahva ote on niillä, jotka eivät ymmärrä, mikä on tehtävämme täällä:

Vastuun ottaminen ainutlaatuisen planeettamme hyvinvoinnista.

Samalla myös toisistamme sekä siitä, mitä haluamme ja miten toimimme.

Kirkkonummella keväällä 2024.

II

Vähän taustaa

Synnyin Suomeen aikana, jolloin maatalous oli merkittävä elinkeino. Raskaan sodan jälkeen "boomereiden " sukupolvi sai toisaalta kokea hyvin ankaria aikoja, mutta toisaalta myös toivon paremmasta.

Eteenpäin mentiin ja uskottiin aina vain parempaan tulevaisuuteen. Ehkä siinä olikin elämän tarkoitus pelkistetyimmillään. Usko huomiseen.

Elin lapsuuteni maalaiskylässä. Kylä ei ollut suuren suuri.

Silti meillä oli alakoulu, johon käveltiin tai hiihdettiin mennen tullen olipa sää mikä tahansa. Talkoot olivat myös tärkeä osa kylän elämää. Kun joku rakensi rintamamiestaloa, oli usein koko kylän väki mukana. Monenlaisia taitoja tarvittiin.

Maanviljelys – myös pienviljely – oli oikeastaan itsestäänselvyys. Kaupunkiin mentiin hoitamaan vain virallisia asioita. 1950-luvulla usein vielä hevoskyydillä.

Milleniaaleille tällaisten asioiden esittäminen on joskus hankalaa, sillä koko juttu ei avaudu sen enempää romantiikan kuin kurjuusteoriankaan kautta.

Maalla vain elettiin mahdollisuuksien ja rajoitusten puitteissa.

Sitten tuli 1960-luku ja hevonen vaihtui traktoriin. Teollisuus-Suomi veti väkeä maalta...

Myös maatiloilla alkoivat uudet tuulet puhaltaa.

Seuraava tarina voisi olla tosi. Se on kuitenkin fiktiivinen ja nimet siinä keksittyjä.

Maanviljelijä Matti (en tykkää "maajussi" nimityksestä...) oli raivannut peltonsa ja saanut satoakin kotitarpeiksi.

Eteenpäin kuitenkin hänkin tahtoi.

Eräänä päivänä rintamamiestalon pihaan karautti lannoiteyhtiön myyntimies Seppo hienolla mustalla kuplavolkkarilla tarjoamaan palvelujaan.

"Kyllä sinun Matti kannattaisi sijoittaa kasvuun tilallasi. Sato lisääntyisi ja elämästäsi tulisi mukavampaa. Emäntäkin siitä tykkäisi", ehdotti Seppo.

Matti tietysti halusi parempaa elämää ja niinpä tehtiin kaupat salpietarista ja superfosfaatista.

Eräänä toisena päivänä sitten kuorma-auto toi pihaan lannoitelähetyksen. Kuljettaja Pertti oli roteva ja nosti lannoitesäkit helposti sisään.

Kun säkki tömähti navetan kivilattialle, sai tilan pulskin sika sydänhalvauksen. Järkytys oli liian suuri sen pienelle sydämelle.

Possuressusta tuli kehityksen uhri. Näin käy usein kun muutoksia tapahtuu.

Tilalla kuitenkin päästiin kasvu-uralle ja vilja kasvoi.

Maailma tilan ulkopuolella kuitenkin myös muuttui. 1960-luvun loppuun mennessä pienet tilat alkoivat menettää kilpailukykyään ja alettiin puhua maatalouden ylituotannosta. Viljelijöille alettiin maksaa tukirahaa peltojen ns. paketoinnista, jolloin tuotanto väheni. Monet pienviljelijät lähtivät kaupunkeihin muihin töihin.

Minulle myös maaseutu alkoi tuntua ahdistavalta ja vähän mahdollisuuksia tarjoavalta, jolloin esitin itselleni tuon kysymyksen...ei ainakaan maalle jämähtämistä, huomasin vastaavani.

Kauran kasvu pellolla tuntui nuoresta uteliaasta pojasta aika lailla ikävystyttävän hitaalta tapahtumalta.

Silloin meidän kylällä oli sepelimurskaamo ja paljon tienrakentajia kun ykköstietä rakennettiin.

Katselimme ohi ajavia autoja ja eräs harrastus oli kerätä vihkoon niiden rekisterinumeroita.

Mielenkiintoisempaa oli kuitenkin karata aina välillä kotoa katselemaan tietöitä ja juttelemaan tienrakentajien kanssa.

Heidän juttunsa olivatkin mielenkiintoisia. Joku oli ollut merillä, joku taas kiertänyt pitkin Suomea erilaisissa sekatöissä, jotka siihen aikaan työllistivät reissumiehiä.

Tarinat eksoottisista maista ja tienrakennusmiesten seikkailuista kiehtoivat pikkukylän kasvattia.

Maailmalle lähtö tuntui paremmalta ajatukselta kuin maalaiskylän arki.

Kun arvioidaan eri aikakausia, on hyvä ottaa huomioon sellainen abstrakti käsite kuin ajan henki. Se määrittelee ihmisten elämää hyvin paljon ja tehdyt valinnat on hyvä nähdä sen valossa.

Mikä on meidän aikamme "henki" ? Ja onko olemassa vain yksi ajan henki?

Isoisä Paavo kuuluu todenneen, että politiikassa asiat menevät niin kuin ne ajetaan .

Kulloisellakin ajalla on oma henkensä ja omat hengen luojansa.

Voisi tietysti olla luottavainen siihen, että valtaapitävät pitävät meistä huolta ja ajattelevat puolestamme, mutta näin annamme avoimen valtakirjan valitulle politiikalle, joka kuitenkin määrittelee aika pitkälle mahdollisuutemme ja rajamme elää.

Internet-ajalle jotenkin uutena ilmiönä kuvaan ovat tulleet monenlaiset mielipiteenmuokkaajat. Trendsetterit ja influensserit. Politiikassa myös on hankalaa menestyä ilman jonkinlaista mainostoimiston apua.

Tämä silta oli minulle portti "suureen maailmaan" kun olin pieni.

Kaikki kiva tuntui olevan tuolla toisella puolella ja tällä puolella vain hitaasti kasvava kaura. Elämme mielikuvissa vaikka todellisuus on paljon mielenkiintoisampaa.

Ihmisten mielistä on tullut temmellyskenttä, jossa erilaiset vaikuttajat käyvät kamppailua tilasta.

Tehokkain voittaa ja niinpä ei aina ole niin taattua, että paras vaihtoehto tulisi vallitsevaksi.

Paavo tiesi sen jo sata vuotta sitten.

Tietenkin on hyvä, että asioista saa tietoa ja vanha järjestelmä, jossa papit ja ruhtinaat vahtivat tietoa ei ansaitse paluuta. On silti merkitystä sillä, miten ja millaista tietoa meille tarjotaan.

Olen elänyt monella vuosikymmenellä ja saanut seurata ajan hengen vaihteluja

Voisi sanoa, että laidasta laitaan ...

Nyt elämme aikaa, jolloin tietoa on mahdollista saada melkein rajattomasti...jopa nanosekunnissa...

Ihmettelenkin siis, miksi meille kuitenkin tarjotaan varsinkin valtamedian taholta ajattelua, joka perustuu hyvin rajalliseen näkemykseen

Maailmankaikkeus toimii kokonaisvaltaisesti perustuen jokaisen osasen optimaaliseen toimimiseen.

Poliittinen järjestelmä taas pyrkii jo lähtökohtaisesti omien etujen maksimointiin ja muiden minimointiin.

Säästöt yhteiskunnallisissa palveluissa ovat johtaneet siihen, että nykyisin normaaleihin yhteiskuntapalveluihinkaan ei ole "varaa".

Kyse on yksinkertaisesti arvovalinnoista, sillä elämme kuitenkin eräässä maailman rikkaimmassa valtiossa .

Universum ei tunne ei-sanaa. On vain asioita, jotka tapahtuvat.

Negatiivinen ajattelu luo ongelmia ja jos et ole osa ratkaisua, olet osa ongelmaa.

Yhteiskuntaan pätee myös se, että se on juuri niin vahva kuin sen heikoin lenkki.

Jos emme voi edes alkeellisella tasolla kyetä vuoropuheluihin, seurauksena on kaaos .

Boomerit ja milleniaalit voivat kuitenkin oppia paljon toisiltaan vuoropuheluissa.

Laivanupotuspeleissä voittaminen on merkityksetöntä. Ne vain ravitsevat egoa..

ja kysykääpä vaikka Alan Wattsilta tai Eckart Tollelta, mitä virkaa on egolla .

Ai niin...hups...Alan Watts ei enää ole keskuudessamme kuin kirjojensa kautta.

Jos elämän tärkein asia on, että voimme tilata roskaruokaa kotiin, kannattaa muistaa, että joku senkin meille kuljettaa .

Mitä suurempi osa meistä voi kokea osallisuutta yhteiskunnassa sitä paremmin yhteiskunta voi.

Eli siis me.

Pihtailu kutistaa...

Vietämme täällä itse kukin oman aikamme.

Erilaisia näkökulmia luonnollisesti löytyy.

Niiden kohtaamiset rikastavat elämää.

Keskitytään siis rakentaviin asioihin.

Asiat ovat lopulta melko lailla yksinkertaisia kun oivaltaa olennaisen.

Se onkin sitten jo monisyisempi juttu. Isäni taisi käyttää sanontaa "ketunhäntä kainalossa" kun kuvasi ihmisiä, jotka eivät halunneet paljastaa todellisia tavoitteitaan.

Kun joku tivaa sinulta, mitä haluat, kannattaa katsoa silmiin, jotka kuulemma ovat sielun peili. Jotkut tosin osaavat taitavasti hymyillä siinäkin tilanteessa...

Tarkkana on hyvä olla.

Näistä maisemista on entinen ujo
maalaispoika kotoisin

III

Haluaminen on halpaa –vai onko?

Ajatus tästä kirjasta syntyi oikeastaan marraskuun puolessa välissä 2022 kun jostain luin, että maapallon väkiluku oli juuri ylittänyt 8 miljardin rajan.

Aika huikea määrä kanssakulkijoita.

Monia kieliä, monia kansalaisuuksia. Erilaisia elämäntilanteita ja kokemuksia. Monenlaisia näkemyksiä. Miten voisimmekaan elää samanlaisessa todellisuuskuvassa.

Miten voisimme kohdata ns. samalla sivulla ?

Ei se ole helppoa lähisuhteissakaan saati sitten globaalisti.

Kuulostaa helpolta kommunikointi kunhan vain on yhteinen kieli. Silloin voimme sanoilla välittää ajatuksiamme ja oppia ymmärtämään toisiamme.

Näinköhän vain se on yksinkertaista...

"Haluaminen on halpaa", sanoi minulle elämäni keväässä neitonen, johon olin pihkaantunut niin kuin vain teinipoika voi olla.

Ymmärsin, että kiinnostus ei ollut molemminpuolista. Tosin vasta muutamien sydänsurujen jälkeen...

Nuorukaiseksi varttuessani kuitenkin oivalsin, että suhde tämän neidon kanssa olisi ollut aikamoista vuoristorataa – parhaimmillaankin. Kauniisti sanottuna meitä ei ollut luotu kulkemaan yhdessä.

Varmasti hänkin löysi sittemmin kumppanin kuten minäkin. Kumpikin omanlaisemme.

Elinikäisen kumppanin etsiminen lienee edelleen monen unelma, mutta jotenkin sinnittelemisestä suhteessa, tuli mitä tahansa, ei enää 2000 luvulle tultaessa puhuttu ideaalina.

Zeitgeist – ajan henki- vaati muuta.

Tilalle tuli haluaminen.

"Maailma on avoin sille, joka uskaltaa unelmoida" Ja tietenkin myös lähteä toteuttamaan unelmiaan.

Unelmia voi tietysti olla monenlaisia ja ihan oikeasti kaikki eivät edellytä miljardöörin statusta.

Jossain vaiheessa elämää itse kukin oivallamme kuitenkin elämän rajallisuuden ja sen, että kakkua ei voi syödä ja säästää samanaikaisesti.

Myös sen, että elämää on unelmien toteutumisen jälkeenkin.

Mika Waltari kuuluu sanoneen pettyneensä kun kirjoitettuaan pääteoksensa "Sinuhe egyptiläinen" hänelle ei tullutkaan autuaan onnellista oloa kaiken uurastuksen jälkeen.

Tuli vain tyhjä olo.

Tähänkin on hyvä varautua.

Mitäpä sitten kun on luonut ensimmäisen miljoonansa? Haluaako toisen? Viisi miljoonaa... viisikymmentä ?

No, en halua heti masentaa sinua, hyvä lukijani, jos olet jaksanut näin pitkälle, mutta elämä on liikettä. Huomenna tämä päivä on jo eilinen ja uudet kuviot vievät meitä eteenpäin.

Huvittavaa sinänsä, miten vanhat sadut perinteisesti päättyivät siten, että ihmiset elivät onnellisina elämänsä loppuun asti. Rakkaustarinat taas päättyivät alttarille, jolla vasta oikeasti yhteiselämä kaikkine koukeroineen alkaa.

Onnellisuus on tietenkin aika yksilökohtainen käsite, mutta aikamoinen utopia on, että voisimme olla aina onnellisia ilman huolen häivääkään. Toisaalta ei se nyt kovin hyvä olotila ole olla kaiken aikaa onnetonkaan.

Nykyisessä hektisyyttä korostavassa maailmanhengessä onkin olennaista se, että aina pitäisi olla jonkinlaisessa puutostilassa haluten jotain.

Pyrimme tietenkin kaiken aikaa täyttymykseen, mutta kun se tulee, ei se suokaan kuin hetken lohdun.

Kuulostaako ikävystyttävältä?

No, sitähän elämä voi olla, jos sille täytyy aina hakea sisältö ulkoapäin.

IV

Tarvehierarkiat

Amerikkalaisen psykologin, Abraham Maslown kehittämä tarvehierarkiapyramidi määrittelee ihmisen tarpeet niin, että alimpana ovat fysiologiset tarpeet kuten ruoka, juoma ja hengitysilma.

Tämän jälkeen tulee turvallisuus, joka on jo monisyisempi asia nyky-yhteiskunnassakin.

Kolmas taso on sosiaalinen taso eli yhteenkuuluvaisuuden tunne. Liittyminen ympärillä olevaan yhteisöön ja sitä kautta arvostuksen saanti.

Ylimpänä sitten itsensä toteuttaminen, jota myös luovuuden mahdollistamiseksi voisi kutsua.

Uskallan väittää, että elämme maailmassa, jossa nämä tarpeet tyydyttyvät hyvin eri lailla eri ihmisillä. Johtuen tietysti siitä, missä asumme ja siitä, mikä on sosioekonominen tilamme.

Myös siitä, keitä olemme sattuneet kohtaamaan .

Kuulin juuri aivotutkija Lauri Nummenmaalta, että kohtaamme elämämme aikana keskimäärin noin 80 000 lajikumppaniamme. Heti jäin miettimään, miten siihen sopii se, että olin rockfestareilla 58 000 muun kanssa yhdessä.
En kuitenkaan henkilökohtaisesti tavannut kaikkia. Kysymys onkin kohtaamisista.

Millaisia nämä kohtaamiset ovat, määrittää hyvin paljon elämänpolkuamme.

Kokemuksemme ja valintamme vaikuttavat.

Jos satumme asumaan hyvin levottomalla alueella, turvallisuuden perustarpeemme ei tule tyydytetyksi ja joudumme elämään pahimmassa tapauksessa jatkuvassa stressitilassa, jopa todellisessa kuolemanpelossa. Tämä tietysti vaikuttaa rajoittavasti mahdollisuuksiimme löytää edes onnen papanoita, joskin moni kykenee yllättäen äärimmäisissäkin olosuhteissa kokemaan onnen tunteita.

Olemme erilaisia. Mutta erilaisuus ei välttämättä ole pahaksi, jos kykenemme vuorovaikutukseen ja rakentaviin vuoropuheluihin muiden kanssa. Toisaalta kaikki eivät edes kaipaa kovin kiinteitä siteitä lajitovereihinsa.

Niin monta tapaa elää ja minä en ainakaan lähde arvottamaan sitä, mikä on oikea ja mikä väärä ihmiselle, joka elämäänsä rakentaa omien mittapuittensa mukaan.

Hyvä on kuitenkin muistaa, että vaikka maailma näyttäisikin pyörivän juuri itsen ympärillä, emme ole täällä yksin.

Monenlaisia utopioita on rakennettu malliksi, joka sopisi kaikille, mutta useimmat niistä ovat törmänneet ihmisen olemuksen ristiriitaisuuteen.

Toisaalta olemme yhteistyöhön pyrkiviä ja haluamme olla yhteydessä toisiimme. Toisaalta taas meihin vaikuttaa halu saada joskus enemmän kuin tarvitsemmekaan.

Helposti halut vievät meidät mennessään.

Sosiaalisessa elämässä joudumme tekemään valintoja, joilla on seurauksensa. Varsinkin parisuhteissa tämä voi olla aikamoista vuoristorataa.

Mitä me sitten oikeasti haluamme?

Nautintoja? Tyydytystä? Turvaa? Rakkautta? Valtaa? Mielenrauhaa? Jatkuvuutta?

Ehkä kaikkia näitä. Kukin omalla tavallamme.

Ja kun täällä on 8 miljardia ihmistä tavoittelemassa näitä, ei liene ihme, että asiat eivät aina mene niin hyvin ja kauniisti kuin haluaisimme.

"Anteeksi, mutta me olemme vähän parempia ihmisiä ja tarvitsemme vähän enemmän kuin sinä, joten voisitko väistyä siitä tieltämme?"
Kuulostaako tutulta?

Ehkä aina ei ihan näin kauniisti tuoda julki asiaa, mutta tässäkin tulee esiin tämä Maslown yksi perustarve – arvostuksen halu.

Turvallisuuden tarpeemme voi saada meidät muodostamaan yhteisöjä, joilla on yhteinen tavoite. Yhdessä on helpompaa kuin yksin puurtaen. Toisaalta myös karismaattiset johtajat tietävät tämän. Niinpä voimme joutua mitä kummallisimpiin ryhmiin . Minulle oli esimerkiksi yllätys se, että eräs maailman pahamaineisimmista rikollisista – Charles Manson – ei omakätisesti surmannut ketään. Hänen heimolaisensa sen sijaan tekivät hirmutyöt hänen vallassaan.

Taidemaalarina vaatimatonta arvostusta saanut itävaltalaislähtöinen Adolf Hitler taas oli kasvissyöjä eikä tietääkseni myöskään itse surmannut ketään vaikka pitikin erilaisia ihmisiä alempiarvoisina. Hänen vastuullaan on silti aikamoinen lista hirmutekoja ja uhreja.

Historia kertoo asioista aina voittajien näkemysten perusteella. Niinpä helposti lähdemme tuomitsemaan niitä, jotka ovat vain olleet liian heikkoja oivaltamaan ajoissa, mille tielle ovat joutuneet. Tai sitten olemme tulleet agitaation kautta johtopäätökseen, että pahuus on muissa, ei minussa.

Näin siirrämme vastuun toiminnastamme ja valinnoistamme helposti muille.

Kuitenkin elämme todellisuudessa, joka vain on.

Miten siihen liitymme, riippuu kokemuksistamme ja tiedoistamme, mutta eniten ehkä juuri tekemistämme valinnoista.

Suuri osa niistä on myös tiedostamattomia.

Osan asioista voimme ymmärtää, osaa taas ei välttämättä.

Ymmärryksestä seuraa valinta joko hyväksyä tai olla hyväksymättä.

Hyväksymisestä taas seuraa joko arvostus tai sitten ei.

Lopulta olemme luoneet elämällemme suunnan, jonka muuttaminen ei olekaan enää helppoa.

Mahdotonta ei tietenkään ole muuttaa kerran valittua suuntaa, mutta jokainen tupakkalakkoa yrittänyt esimerkiksi tietää, että siihen liittyy monenlaisia hankaluuksia.

Fransiskus Assisilaisen rukous, joka puhuu tyyneyden, rohkeuden ja viisauden yhdistämisestä pätee vieläkin elämänoppaana.

Rukoukset eivät enää kuulu niin paljon elämään kuin ennen. Ajattelisin kuitenkin niitä laajemmin niin, että ne voivat oikein ajattelemalla toimia eräänlaisena meditointina, jossa vapautamme energiaa asioiden toteuttamiseksi. Keskittymällä oikean energian löytämiseen voimme löytää ratkaisujakin.

Sen sijaan, jos rukousta käytetään itsekkäisiin lahjatoiveiden saamiseen tähtääviin tavoitteisiin, en usko niiden voimaan.

No jaa...sitä saa, mitä tilaa. Yleensä.

V

Todellisuus
ja sen tulkinnat

Kuten jo tuossa aiemmin olen maininnut, tämä ei
ole Elämän Oppikirja eikä näin ollen myöskään kerro
valmiita totuuksia, joilla elämä muuttuisi karvaasta
makeaksi yhden yön tai päivän aikana.

Monenlaiset profeetat ja gurut tarjoavat meille
maailmankuvia, jotka voivat toki auttaa meitä
löytämään tien ulos umpikujista, joihin maailman
moninaisuuden vuoksi on helppoa joutua. Kuitenkaan
ei ole kovin hyvä ajatus vaihtaa yhtä orjuutta toiseen,
vaikka se kuulostaisikin aluksi vapauttavalta.

Toisaalta pidän vertauskuvasta, että lyötyämme
aikamme päätä seinään, voi olla vapauttava tunne
huomata, että seinässä onkin ... ovi.

On vapautta jostakin ja vapautta johonkin. Minun
mielestäni tärkeämpää on jälkimmäinen. Oikeastaan
itsestään selvästi.

Syntymästämme lähtien tarkkailemme maailmaa ja
teemme valintoja. Tai sitten meidän puolestamme
tehdään valintoja, joiden mukaan sitten kuljemme
elämämme polkuja.

On hyvä olla tästä tietoinen.

Valintamme sitten taas johtavat uusiin valintoihin kunnes huomaamme olevamme tilanteessa, jossa todellisuus ei enää vastaakaan sitä, mihin olemme oppineet luottamaan oikeana valintana.

Silloin olisi hyvä pysähtyä hetkeksi ja miettiä, olisiko olemassa vaihtoehtoja.

Moni kuitenkin alkaa silloin taistelun muita näkemyksiä vastaan.

"Eihän noin voi ajatella"...

Kuitenkin tätä asuttamaamme planeettaa tarkastelee yli 8 miljardia ihmistä, joilla kullakin on oma näkökulmansa.

Voisi ajatella, että on mielenkiintoista tutustua mahdollisimman moniin niistä.

Kohtaamme kuitenkin siis vain noin 80 000 ihmistä elämämme aikana, joten joudumme tyytymään näiden näkökulmiin.

Kun yhteen suuntaan kumartaa, toiseen pyllistää.

Todellisuus kuitenkin on olemassa sellaisenaan. Universum on koko lailla täydellinen kokonaisuus, jonka osat ovat liitoksissa toisiinsa.

Vuodet ja vuorokaudet toistuvat vaikka kellomme olisikin epäkunnossa.

Kun totean, että Hyvä ja Paha ovat ihmisen luomia käsitteitä, uskon että moni kritisoi näkemystäni, mutta käytännössä molemmat ovat suhteellisia.

Huomaamattamme omaksumme Pahan ominaisuuksia kun lähdemme taistelemaan sitä vastaan.

Absoluuttinen Hyvä on myös helposti tekemässä meistä tekopyhiä oman egomme kiillottajia.

Kun uskomme auttavamme pulassa olevaa, teemme hänestä helposti itsestämme riippuvaisen ja siten itse asiassa emme autakaan häntä oikeasti vahvistumaan.

Joskus myös voi olla parempi olla liikaa höösäämättä ihmistä, joka on ajautunut vaikeaan tilanteeseen.

Kohtaamisongelmat ovat oikeastaan kaikkien ongelmien ydin.

Sen huomaa kun löytää oikean yhteyden toiseen ihmiseen ja keskinäinen kanssakäyminen sujuu luontevasti sekä kummankin olemusta arvostaen.

Tällaistakin tapahtuu.

Silloin ei aina välttämättä edes ajattele, että erillisyyttä on olemassa. Joidenkin ihmisten kanssa näinkin onnellisesti voi käydä.

Vedämme energiallamme samalla energialla toimivia. Silloin kommunikointi toimii.

Yleisempää kuitenkin lienee, että joudumme tekemisiin hyvinkin erilaisten ihmisten kanssa.

Onko se hyvä vai huono asia?

Siihen minulla ei ole vastausta. Haasteet voivat tehdä elämän henkisesti rikkaammaksi. Joskus materiaalisestikin.

Kaikki me kuitenkin siis elämme omissa todellisuuksissamme. Pystymme havaitsemaan vain osan koko suuresta Todellisuudesta, joka on olemukseltaan Kaikkeus.

Erilaiset uskonnot ovat antaneet tälle nimiä, mutta tässä yhteydessä puhun mieluummin Kaikkeudesta.

Ihmisinä olemme kuitenkin rajallisia ymmärtämään kaikkea olevaisuutta. Helposti annamme nimiä asioille, joita emme ymmärrä. Kysymys on kaiketikin pohjimmaltaan tarpeestamme jotenkin sopeutua. Turvallisuuden etsimisestä.

Milleniaalit voivat loistaa omilla termeillään ja kliseillään yrittäen olla trendikkäästi cooleja. Boomerit taas voivat muutosvastarinnassaan tukeutua siihen, että nuorilla ei ole kokemusta elämästä.

Meillä kaikilla on. Kokemuksemme ovat omiamme ja niillä linkitymme tavallamme todellisuuteen.

Erilaisten todellisuuksien kohtaaminen voi parhaimmillaan olla kuin taidetta. Joka tapauksessa vuoropuhelut ja vuorovaikutus rikastavat elämäämme.

Tai siis tietenkin, näin minä ajattelen...

VI

Sisäinen ja ulkoinen maailma

Kun oma lokaatiomme rajoittaa laajemman tiedon saantia itsemme ulkopuolisesta maailmasta, olemme sen suhteen riippuvaisia tulkitsijoista ja erilaisista tiedonvälitysmedioista. Jokainen näistä tietysti julistaa omaa "totuuttaan".

Huomasin jo aikoja sitten, että mediakasvatus olisi aloitettava jo päivähoitoiässä, jotta oppisimme elämään mahdollisimman monipuolisessa todellisuuskäsityksessä.

Varovaisesti on syytä suhtautua kuitenkin mediakasvatukseen, jota meille opettaisivat mediakonsultit ja joukkoviestinnän ammattilaiset. Mediamoguleista nyt puhumattakaan.

Niin sanottu skandaalimedia esittää maailman vain suurina draamoina ja vastakkainasettelun avulla luo meille kuvan, jossa katastrofit seuraavat toisiaan. Myös ns. hyvän ja pahan välinen taistelu kuvataan sellaisena, jossa me olemme hyvällä puolella ja muut taas ovat niitä pahoja, jotka täytyisi tuhota.

Nyt, keväällä 2024 meille tarjottu narratiivi kertoo, miten tärkeätä on ajatella tietyllä tavalla naapurimaastamme.

Mieluiten negatiivisesti ja sitten taas vastaavasti sotaan joutuneesta Ukrainasta ajatusten pitäisi perustua uskoon, että kun riittävästi aseistamme tätä meille suhteellisen kaukaista ja vierastakin maata, teemme merkittävää rauhantyötä...tai siis ainakin olemme ns. oikealla puolella.

Jokainen voi itse tykönään ajatella tällaisen narratiivin järkevyyttä.

Entäpä jos ajattelisimmekin tilannetta ukrainalaisten ihmisten kannalta? He ovat ajautuneet sotaan, jossa ihmisiä kuolee jatkuvasti molemmilla puolilla rintamaa.

Tätäkö haluamme?

Luemme päivittäin kauhujuttuja Venäjän oikeuttamattomasta sodasta. Painotukset ovat jo vakiintuneet ja tuntuu jotenkin pelottavalta se, että pitäisi yhtyä siihen kuoroon, joka julistaa Venäjän tuhoa sodan tarkoituksena.

Jos en halua sitä, minut leimataan putinistiksi ja seuraukset voivat olla todella ikävät. En kuitenkaan ota tässäkään sodassa kantaa kuin siihen, että sota, kuten väkivalta yleensäkin on ongelma, ei ratkaisu.

Muuallakin soditaan ja maailmalla vaeltaa kymmeniä miljoonia pakolaisia – ihmisiä kten mekin – etsimässä kotia. Miksi me näemme heidät vain onnenonkijoina? Kylmäkiskoisuus kertoo ehkä enemmän omista asenteistamme kuin heistä, jotka ovat joutuneet pahimmissa tapauksissa huijatuiksi vaarallisille merimatkoille kohti Eurooppaa ja uusia mahdollisuuksia.

Oma juttunsa on sitten ne sodat, jotka ovat heidät ajaneet kotimaastaan. Tämä meillä käytävä suvakki-vihakki älämölö ei millään lailla auta näitä ihmisiä.

Oma uskoni ns. valtamediaan on horjunut varsinkin viimeisten 30 vuoden aikana niin, että en enää ota sen kuvaamaa maailmankuvaa vastaan sellaisenaan. Tarjolla on onneksi muitakin näkemyksiä kuin mitä kotimaamme keskitetysti omistettu valtamedia tarjoaa.

"Kenen leipää syöt, sen lauluja laulat"

Näitä muita ovat tietysti myös sosiaalisen median erilaiset ryhmät, joilla yleensä on oma agendansa. Ei välttämättä sen kattavampi kuin valtamediankaan, mutta usein täydentävä.

Niihinkään ei pitäisi sokeasti luottaa.

Kaiken tämän infoähkyn keskellä ahdistuu helposti ja lähtee mukaan yksinkertaisten selittäjien mukaan.

Jos silloin huomaa yhtäkkiä seisovansakin palopommi kädessään, on siirtynyt orjuudesta kurjuuteen.

Vihaenergian levittäminen toimii usein tehokkaammin kuin rakentavan ajattelun manifestointi – ikävä kyllä.

Maailma on kuitenkin yksinkertainen. Ihmisten ajattelun rajallisuus tekee siitä monelle käsittämättömän – ja pelottavankin. Onkohan syynä mantelitumake, joka häiritsee ajatustemme harmoniaa?

Asiaa ei helpota valtaapitävien asenne:"Jos et ole puolellamme, olet meitä vastaan!"

Koska emme kuitenkaan voi kaikki olla johtajia ja hallitsijoita, meitä hallitaan. On hyvin tärkeää, millaiset johtajat meillä on.

Tällä hetkellä tuntuu siltä, että neuvottomuus maailman ongelmien ratkaisemisessa hallitsee hallitsijoitamme. Tämä on tietysti minun oma henkilökohtainen havaintoni. Joku, joka on saanut hallintohimmelissä mukavan hillotolpan varmasti puolustaa sitä ja haluaisi minun olevan hiljaa näkemyksineni...

Haluanko minä sitten valtaa?

Ehkä olen liian vanha sellaiseen, mutta ainakaan yhtä asiaa en halua.

"Kaikkihan me haluamme miljonääriksi vähillä ponnistuksilla", totesi entinen jälkiviisas ja nykyinen TV-pomo asiaa sen enempää perustelematta.
Tietenkin haluaisin olla huolettomampi rahan suhteen, mutta superrikkaus ei minua ihan aikuisen oikeasti kiinnosta.

Mieluummin vietän elämää, jossa on oikeasti mieltä ja aito yhteys luontoon sekä lähimpiini.

Appiukkoni viisas havainto oli, että kun olet köyhä, ihmiset kävelevät ylitsesi ja kohtelevat sinua nobodynä. Jos olet rikas, kaikki haluavat jollain lailla hyödyntää sinua. Jos taas kuulut keskiluokkaan, kustannat sekä köyhien että rikkaiden elämän.

Aika lohduton näkemys, mutta suunnilleen näin huomaan asioiden olevan todellisuudessa.

Tarpeeksi – kohtuullisesti. Se taas ei kuulosta kovin seksikkäältä...

Jokainen elävä organismi kurottaa kohti valoa ja ravintoa. Se on meille kaikille eläville yhteistä.
Mikä sitten on tarpeeksi? Miljoona? 2 miljoonaa?10 miljoonaa? 100 Miljoonaa? Miljardi... Ehkä Elon Musk voisi vastata tähän...

Minulle riittävän hyvät ihmissuhteet ja laskujen maksun jälkeen viivan alle jäänyt pieni ylimääräinen silloin tällöin...stressaaminen pörssiosakkeiden kohtalosta ei kiinnosta elämänmuotona.

Sinä voit tietysti olla tästäkin eri mieltä ja tehdä, mikä sinusta tuntuu oikealta juuri sinulle.

Minä en kokoa postimerkkejä enkä golfaa, mutta jos nämä harrastukset tarjoavat joillekin hyvän elämän, kuka minä olen sitä estämään ?

Tai sille naureskelemaan?

Ymmärtämättömyys saa meidät helposti pilkkaamaan muita. Kuitenkin jokainen ketju on yhtä vahva kuin sen heikoin lenkki, joten miksipä sahaamaan oksaa, jolla istuu?

Ymmärtää, hyväksyä, arvostaa...
Tai sitten ei tajuta ollenkaan...

Somessa suosituksi on tullut ns. maalittaminen, jossa keskustelun aiheesta riippumatta tavoitteeksi muodostuu ennen pitkää se, kuinka härskisti voidaan panettelemalla tai tahallaan väärin ymmärtämällä nujertaa keskustelukumppani. Tämä kertoo enimmäkseltään maalittajasta ja hänen maailmankuvastaan kuin siitä, mistä pitäisi keskustella.

Näinpä keskustelut hyvistäkin aiheista kutistuvat keskinäiseen solvailuun. Ja internetin piti tuoda keskusteluihin uusia näkökulmia.

Jokainen tietysti tulkitsee ymmärtämisenkin omalla tavallaan.

Maailma on...

Ristiriitaisuus kai kuuluu ihmisluontoon, mutta minusta se, että saa kicksejä toisten mitätöinnistä ei ainakaan nosta minun silmissäni solvaajan ihmisarvoa.

Vaan menepä tämäkin sanomaan koulu- tai työpaikkakiusaajalle...

Oman tilan löytäminen maailmassa on itse asiassa elämäntehtävämme. Koulukiusaajat ovat kuin örkkejä Nintendossa. Ne asettavat tiellemme kaikenlaisia esteitä, jotka haittaavat kehitystämme. Tai sitten kasvamme näiden esteiden myötä.

Viime aikoinakin on jälleen saatu lukea, mihin jatkuva kiusaaminen voi ihmisen johtaa. Kyse on kuitenkin usein yksilöistä, mutta heidän tekojensa kautta välittyy myös se yleinen ajattelutapa, että muita nälvimällä ja alistamalla oma ego kirkastuu. Hirveimpiä tekoja natsisaksassakin tekivät ihan tavalliset helgat ja fritzit. Kollektiivinen vastuu siis pitäisi ymmärtää, vaikka tietysti myös kiusaajia pitäisi ymmärtää. Hyväksyminen on sitten ihan eri juttu.

Niin paljon hyvää jää tekemättä ja tapahtumatta kun ihmisiä alistetaan ja nöyryytetään vaikka he voisivat oikein rohkaistuneina tehdä vaikka mitä yhteiskunnallisestikin merkityksellistä.

Se valta ja sen turmelevuus.

Onneksi meillä on kuitenkin myös paljon – yleensä vapaaehtoistyöhön perustuvia – instansseja, jotka auttavat ihmisiä sen sijaan, että vain yrittäisivät sopeuttaa heitä johonkin, joka ei todellakaan sovi heille. Olemme kaikki ainutlaatuisia yksilöitä ja erilaisuus ei ole aina pelkästään haitake yhteiskunnassa vaan voi toimia kehittävänä tekijänä. Ja toisaalta, ajatellaanpa, mitä elämä olisi ilman taidetta...musiikkia...iloa.

Mukavuuden löytäminen voi joskus vaatia omalta mukavuusalueelta poistumista. Edes hetkeksi.

Luonto tarjoaa siihen mahdollisuuksia

VII

Sota vai rauha?

Kun naapurimaassamme tapahtui järjestelmän kaatuminen reilut 30 vuotta sitten, totesi mm. yhdysvaltalainen filosofi ja politiikan tutkija Francis Fukuyama historian loppuneen liberaalidemokratian voittoon diktatuurista. Ikäänkuin ihmiskunta olisi saavuttanut ylimmän asteen kehityksessä.

Vähän aikaa näyttikin siltä, että maailmassa olisi vain yksi ideologia, joka ratkaisisi kaikki ongelmat.

Nobelilla palkitun Milton Friedmanin kehittämä rajoittamattomaan kilpailuun perustuva neoliberalistinen talousoppi esiteltiin kaikki ongelmat ratkaisevana maailmanoppina.

Meillekin hoettiin, että olemme vihdoin päässeet vapaiksi Neuvostoliiton aiheuttamasta epävapaudesta. Samaan aikaan painotettiin myös kuitenkin, että meiltä edellytetään kilpailukykyä, jotta emme jää heittopussiksi kansainvälisessä kilpailussa, johon nyt oli tulossa uusia maita.

Tuliko meille paratiisi?

Ei tullut vaan lama, josta tosin lopulta Nokian nousu vähän pelasti. Hetken aikaa vallitsi jopa euforinen usko Suomen nousuun kun vielä jääkiekkojoukkueemmekin voitti kultaa vuonna 1995.

Sitten tuli 2001-09-11...

Tämä oli varmasti amerikkalaisille järkytys ja siihen oli helppoa muidenkin ns. länsimaiden suhtautua pahuuden ilmentymänä.

Alkoi loputon sota terrorismia vastaan.

Kuten muissakin sodissa, totuus on aina sen ensimmäinen uhri.

Kukin voi itse tykönään miettiä, miten paljon maailma on parantunut kun Saddam Hussein, Osama bin Laden ja Muammar Gaddafi tapettiin nöyryyttävillä tavoilla.

Katosiko Paha maailmasta?

Sodat eivät ole loppuneet, joten Fukuyama oli väärässä. Ainakin hänen optimisminsa oli ennenaikaista.

Ihmisessä vaikuttaa kaksi ristiriitaista voimaa. Halu taistella ja halu yhteistyöhön. Kun ne ovat ristiriidassa, meidät on helppo saada mukaan taisteluihin. Haluamme voittaa Pahan ulkopuolellamme. Tai ainakin näin meille uskotellaan.

Kuitenkin jos paha vaikuttaa sisällämme, ei se poistu vaikka tuhoaisimme kaiken ympäriltämme...tai siis ei ainakaan silloin.

Kreikkalaisessa jumaltarustossa on toisaalla Eros-elämän ja hedelmällisyyden symboli ja Thanatos – kuoleman ja tuhon jumala.

Kun jumalat lähtevät siunaamaan aseita, ainakin minun hälytyskelloni alkavat soimaan.

Minun jumalani on elämän rakastamisen puolella.

Emme siis ole päässeet eroon sodista, vaikka niin piti käydä helposti.

Ukraina on lähellämme, mutta se ei ole valitettavasti suinkaan ainoa sotanäyttämö armon vuonna 2024.

Sota ratkaisukeinona näyttää edelleen suosituilta maailmassa, vaikka kaiken järjen mukaan meidän pitäisi tukeutua yhteistoimintaan planeettamme hyvinvoinnin ja säilyttämisen hengessä.

Aina on kuitenkin niitä, jotka haluavat "vähän enemmän"...

"Anteeksi, mutta olemme vähän parempia ihmisiä ja tarvitsemme enemmän kuin muut"...

Kukaanhan ei tietenkään halua sotaa, eihän... kuitenkin meidät tempaistaan niihin aina tuon tuostakin milloin milläkin perusteella.

Silloin tulee esiin yksittäisen ihmisen voimattomuus valtapeleissä.

Tämä on surullista, mutta totta.

Voisi ajatella, että olisi kaikkien etu, jos voisimme toimia sillä perustalla, että yhteiskunnassa kaikki voisivat osallistua sen ylläpitoon kykyjensä mukaan ja saada apua tarpeittensa mukaan.

Käykö näin ?

Jokainen voi omassa elämässään havaita, toimiiko tämä periaate vai ei.

Myös sitä, elämmekö sellaisessa maailmassa, jossa ylipäätään voimme vaikuttaa elämäämme?

Elämmekö parhaassa mahdollisessa maailmassa vai olemmeko vain lastuja laineilla, jotka menevät sinne minne viedään?

Tätä kirjoittaessani keväällä yleinen narratiivi määrittelee vähänkin myönteisen kirjoittamisen Venäjästä käytännössä maanpetokseksi, joten en voi kirjoittaa kovin kattavaa selostusta sodasta, jota käydään Euroopan sydämessä.

Minulla ei myöskään ole kiinnostusta ajautua sodan osapuoleksi.

Käytännössä kuitenkin näyttää siltä, että on juututtu pattitilanteeseen, koska Venäjän pyyhkäiseminen kartalta ei tunnu kovin realistiselta vaihtoehdolta.

Sodat syttyvät kun poliittiset päättäjät eivät kykene järkevään vuoropuheluun ja kohtuuteen. Kun vastapuoli on demonisoitu, on myöhäistä enää peruuttaa tuhoa.

Ihmisten kannalta tämä on todella murheellista ja hyvin epäoikeudenmukaista. Vladimir Putinista voidaan olla hyvin monta mieltä, mutta sellainen narratiivi, jossa hän olisi Pahan ilmentymä, joka on keksinyt sodan ei kestä minkäänlaista objektiivista tarkastelua.

Minä haluaisin kuulla jonkun päättäjän suusta, että jo riittää ihmisten tappaminen, mutta toistaiseksi näitä puheenvuoroja on tullut vain sieltä, missä asioista ei päätetä.

Muualla julistetaan Venäjän pahuutta. Ja jopa sen tuhoamisen "välttämättömyyttä".

Venäjällä tietysti vastavuoroisesti julistetaan lännen pahuutta ja halua tuhota heidän kotimaansa.

Oma asiansa on sitten vielä se, että meilläkään ei säästetä asevarustelussa vaan ihmisten sosiaalisen tukemisen summissa.

Se, että niin monet ihmiset ovat joutuneet sosiaalitukien varaan on taas seurausta siitä, että firmat menevät konkurssiin ja työttömyys lisääntyy. Myös arvovalinnat ovat muuttuneet niin, että nyt puhutaan rahasta eikä ihmisistä.

Onko tämä tarkoituksellista ihmisten halveksuntaa vai pelkästään poliittisen asenteen rajoittamaa ajattelua ? Joka tapauksessa Suomi on ajautunut aika lailla huonoon tilaan

Tietenkään tämä ei koske eliittiä, jolla riittää aina edunvalvojia.

Eliitti voi hyvin toisaalta niin banaanitasavalloissa kuin rikkaissa valtioissakin.

Vallan houkuttelevuus sen tekee.

Mikä tähän olisi hyvä ratkaisu?

En ole talouspolitiikan tai yhteiskuntapolitiikan asiantuntija, joten en tarjoa mitään valmiita malleja, mutta malli Hölmöläisten Täkinpaikkaus ei todistetusti toimi ...

Vanha totuus siitä, että hyvinvoivat ihmiset eivät lähde sotimaan on myös joutunut kyseenalaiseksi.

Vaikka ns.McDonalds-malli perustuukin siihen, että maat, joissa on McDonalds, eivät sodi keskenään kumoutui jo Jugoslavian hajoitussodissa , klassinen etupiirijako on se, joka määrittelee sotien synnyn.

On tuskin liioiteltua väittää, että sotien takana olevat taloudelliset intressit määrittelevät, minne sota viedään.

Neuvostoliiton hajottua maailma näytti tosiaan hetken kulkevan kohti rauhantilaa ja jopa luonnon hyvinvoinnista alettiin puhua.

Nyt haukkumasanaksi on tullut "vihervassari" – pilkkanimi niille, jota vielä puhuvat inhimillisyydestä ja luonnon säilyttämisestä. Tärkeintä on kohtuullisen hyvä sijoitusvoitto niille, jotka pystyvät sijoittamaan ylimääräiset varansa.

Äärimmilleen vietynä kilpailu johtaa siihen, että 8 miljardia ihmistä kokoaa 8 ahneimman haltuun tuoton maailman taloudessa.

Ehkä vähän liioiteltua, mutta suuntaa antavaa...

"Miten olette onnistuneet köyhyyden torjunnassa?"

"Hyvin, olemme voitolla jo siinä"

"Miksi sitten niin suuri osa ihmisistä elää köyhyydessä?"

" He ovat hävinneet"

Milton Friedmanin neoliberalistinen ideologia perustuu siihen, että ahneus kannustaa ihmisiä rikastumaan ja siten stimuloimaan talouselämää. Tämä kuulostaa tietenkin ensikuulemalta paremmalta kuin raskas byrokratia, jossa nomenklatuura pitää hallussaan tuottoja. Friedmanin oppia markkinoitiin Reaganin ja Thatcherin kaudella kansankapitalismina, jossa periaatteessa kenellä tahansa oli mahdollisuus rikastua.

Ei työllä vaan onnistuneilla sijoituksilla. Tämän talousopin mukaan paras tuotto tulee yhteiskunnallisia kuluja karsimalla. Tämä johtaa tietenkin siis myös palkkojen pienentämiseen.

Yövartijavaltio on lopulta tulos tässä ideologiassa.

Euroopassakin se on johtanut siihen, että kaikki palvelut invataksikyytejä myöten kilpailutetaan, jolloin halvin tarjous voittaa.

Tyhmää maksaa liikaa...mutta tämä kääntyy itseään vastaan siinä kun se vaikuttaa omiinkin tuloihin.

Haluatko maksaa vähemmän ?

Haluatko tinkiä palkastasi myös?

Asioilla on aina monta puolta, sillä emme elä maailmanlaajuisessa palvelukeskuksessa. Ainakaan enemmistö meistä ei elä.

Tyttö tv-mainoksessa hehkuttaa että "minä haluan"... joku kuitenkin maksaa hänenkin mielihalunsa.

Meidän ns. länsimaisessa järjestelmässä (johon nyt Ukrainan konfliktin aikana meidät on liitetty enemmän tai vähemmän manipulatiivisesti) pidetään itsestäänselvänä sitä, että tavarat tuotetaan mahdollisimman halvalla. Niinpä useimmat tuotteet valmistetaan maissa, joissa palkkataso on alhainen. Sama tietysti koskee raaka-aineita. Tuloksena on se, että maailma on jakaantunut jopa entistäkin enemmän rikkaisiin ja köyhiin maihin.

Kiina on onnistunut nostamaan tietojeni mukaan nykyisellä talouspolitiikallaan jopa 700 miljoonaa ihmistä köyhyydestä. Taloudellisilla laskureilla mitattuna se on joko jo ohittanut taloudessa Yhdysvallat tai ainakin lähestyy sen kansantulon tasoa.

Näin ollen tietysti se koetaan kilpailijana ja meille välittyneet amerikkalaisperäiset uutiset kertovat lähinnä oletetuista epäkohdista Kiinassa. Aivan kuten Venäjänkin tapauksessa.

Ei tarvitse olla mikään välkky tajutakseen tämän.

Brics-maat eli Brasilia, Venäjä, Intia, Kiina ja Etelä-Afrikka , muodostavat oman talousalueensa, joka viime aikoina on alkanut laajentua. Kykeneekö se kilpailemaan USA:n hallitsemaa järjestelmää vastaan , jää nähtäväksi.

Maailman asellinen hallinta on yksi pelottavimmista skenaarioista, joka vähitellen tuhoaa tieltään kaiken planeetallamme.

Jotta tähän ei jouduttaisi, olisi jonkinlainen vuoropuhelu aloitettava globaalilla tasolla.

Kansainvälinen sotarikosoikeus perustettiin ehkäisemään sotien tuhoavuutta maailmassa, mutta ongelmana on se, että USA, Israel ja Venäjä eivät kuulu sen oikeussopimuksen allekirjoittaneisiin.

Reviirisodat siis jatkuvat ja mitä todennäköisimmin vielä laajenevat kunnes jostain löytyy taho, joka tajuaa sotien järjettömyyden. Sitä ennen tietysti pitäisi aseteollisuus korvata jollain hyödyllisemmällä liiketoiminnalla. Sen voima on kuitenkin niin suuri, että meilläkin hehkutetaan aseteollisuuden tuovan uusia työpaikkoja itärajallemme.

Rakentava yhteiskuntapolitiikka voisi sen sijaan tuoda paitsi työpaikkoja, myös vastakkainasettelun vähentymistä.

Kuulostaako utopialta? Näin varmasti aseteollisuuskin haluaisi meidän ajattelevan.

"Jos haluat rauhaa, valmistaudu sotaan!"

Tämä slogan toimii edelleen ja ohjaa ihmisten ajattelua.

Näin siis edelleen 21. vuosisadan kolmannella kymmenluvulla, keväällä 2024.

76 vuotta YK:n Ihmisoikeuksien julistuksen jälkeen. Asioita pyritään edelleen ratkaisemaan aseilla.

Ehkä juuri kaikkein vaarallisimpia ovat jääräpäiset johtajat, joilla ei ole kykyä vuoropuheluun. Vastapuolella samanlaiset jääräpäät, jotka ovat niinikään fanaattisen varmoja oikeassa olemisestaan.

Näitä kuitenkin nostetaan johtoon juuri siksi, että he ovat saaneet tuekseen hyvät markkinointikanavat.

"Asiat menevät kuten ne ajetaan", sanoi isoisä Paavo.

Niinpä.

VIII

Vapaus jostakin vai vapaus johonkin

Onko oikeasti vapautta valita Coca Colan ja Pepsi Colan välillä?

Tai Mäkkärin ja Hesen?

Minusta tämä on tyypillinen mainosalan luoma vapauden illuusio. Yhdysvalloista lähtöisin olevat brändit ovat menestyneet hyvän markkinoinnin vuoksi. Makuasia, pitääkö näistä tuotteista, mutta niiden massiivinen markkinointi paljastaa sen, mistä Paavo-vaarikin jo puhui. Asiat menevät niin kuin ne ajetaan.

Muistan jo 1980-luvulta erilaisten videojärjestelmien välisen kilpailun, jossa VHS-järjestelmästä tuli alan hallitsija vaikka Sonyn Beta järjestelmän kuvanlaatu oli huomattavasti parempi.

Vapaus valita. Kuulostaa hyvältä. Tietenkin. Kuitenkin aika harvoin käy niin, että aito kilpailu toteutuisi niin, että kuluttajalla olisi todellinen mahdollisuus vaikuttaa järjestelmässä, joka perustuu liikevoiton ensisijaisuuteen.

Ennemminkin on käynyt niin, että vapaa kilpailu on lyhyt vaihe kahden monopolin välillä. Sitten raha taas palaa rahan luo.

Kapitalismi perustuu pääoman kasvuun.

Sellaisenaan siinä ei ole mitään kovin uutta, mutta perinteinen kapitalismi pyrki ainakin näennäisesti suurempaan yhteiskunnalliseen hyötyyn kuin vain osakkeenomistajien voittojen maksimointiin.

Monella suulla on myönnetty, että nykyisessä Friedmanilaisessa järjestelmässä vain liikevoitto ratkaisee (Wahlroos, Harkimo...).

Tässä täytyy tietenkin myös mainita se, että kaikki toiminta vaatii pääomia ja aktiivisuutta. Ei ole hyvä perustaa taloutta sillekään, että kenenkään ei tarvitsisi ottaa riskejä.

Tarvitaan monenlaisia toimintoja ja toimijoita.

Yritystoiminta on yhteiskunnan selkäranka ja varsinkin pienet ja keskisuuret yritykset ovat yhteiskunnan toimivuuden kannalta välttämättömiä. Kaikki eivät kuitenkaan ole sopivia yrittäjiksi. Pelkkä halu rikastua ei riitä, jos asiat pitää hoitaa tuottavasti ja yleisempää hyötyä ajatellen.

Toimiva yhteiskunta tarvitsee erilaisia toimijoita. Erilaisia taitoja ja myös erilaisia persoonallisuuksia. Jotta yhteiskunta pystyisi huolehtimaan infrastruktuurin toimivuudesta, täytyy koordinoida sen toiminnot monella tasolla.

Friedmanin järjestelmän heikkous tuleekin juuri tässä.

"Kaikkihan me haluamme miljonääriksi minimisuorituksella..."

Näinköhän tämä yhteiskunta toimii parhaiten ?

Kuitenkin luemme jatkuvasti uutisia siitä, miten on pakko leikata...kun on ensin ajauduttu tilanteeseen, jossa järjestelmä heittää marginaaliin aina vain suuremman määrän ihmisiä ja ihmisjoukkoja. Kun näitä ei voi poistaa natsisaksan menetelmillä, täytyy asioita kuitenkin hoitaa. Usein yhdeltä tukimuodolta toiselle...Periaatteella poissa näkyvistä, poissa mielestä.

Globaalisti sitten vielä meneillään olevat sodat ja muut katastrofit ovat heittäneet pakolaisiksi kymmeniä miljoonia.

Häpeäksi maallemme me suhtaudumme näihin ihmisiin hyvin kylmäkiskoisesti. Vain "hyödylliset pakolaiset" hyväksymme .

Jokainen ketju on kuitenkin yhtä vahva kuin sen heikoin lenkki.

Arroganssi ja vain omaan napaan tuijottaminen kuitenkin tulevat todellisuudessa vastaan .

"What goes around, comes around..."

Karma hoitaa...

Kun asioita pyritään näkemään puhtaan aatteellisesti, näkymästä tulee ahtaan puutteellinen.

Kun vuoropuhelusta tulee sanelua, asiat jumittuvat ja kehitystä ei tapahdu.

Kaiken ihmisten toiminnan lähtökohtana on kuitenkin myös lepokitkan voittaminen.

Ilman voitonpyyntiä – kohtuullista – ei olisi liiketoimintaa, joka isossa kuvassa palvelee muitakin kuin rahanhimoisia.

Tästä lähtökohdasta on kaikkien ongelmien perustana osattomien ihmisten määrän lisääntyminen. Ihmisten, joiden kohtaloksi muodostuu olla marginaalissa ilman kohtuullistakaan valoa ja toivoa.

Näitä ihmisiä hyväosaiset eivät näe. Aivan kuten appiukko sanoi, he ovat transparentteja, näkymättömiä, koska eivät kilpaile samassa sarjassa kuin "menestyjät".

Kirjoitin "menestyjät" sitaateissa, koska näissä kuvioissa menestyneiksi itsensä kokevat ovat usein niitä, joilta taas empatiakyky puuttuu joko kokonaan tai ainakin merkittävissä määrin.

Oma lajinsa tietysti ovat myös narsistit ja psykopaatit, joita valta kiehtoo aivan erityisesti. He eivät välttämättä edes lähdön hetkellä kadu tekemiään vääryyksiä.

Näitä lajeja voi bongata ymäriltämme, mutta varsinkin bulevardimedian sivuilta.

Toiset nostetaan, toiset pudotetaan.

Olen jättänyt bulevardimedian seuraamisen aikoja sitten, joten tämän enempää en sitä tässä yhteydessä kommentoi. Minua kiinnostaa enemmän todellisuus, jossa elän kuin median meille tarjoamat äärinäkemykset.

Tässäkin tietysti annan sinulle, hyvä lukijani oikeuden nauttia ihan oman mielesi mukaan mehevistä juoruistakin, jos se sinusta tuntuu elämää rikastuttavalta kokemukselta.

Jotkut featurejutut kyllä minuakin kiinnostavat.

Luin hiljattain Aamulehden entisen toimittajan Matti Kuuselan kirjan, josta nostettiin hirveä älämölö kun hän tunnusti kirjoittaneensa muutamassa jutussaan (niitä on siis kaikkiaan satoja) fiktiota. Eräs oli kuviteltu jo kuolleen runoilijan haastattelu, joka oli todella hyvin laadittu ja mielenkiintoinen.

En tiedä, onko tämän yksittäistä toimittajaa vastaan synnytetyn ajojahdin aloittajista kukaan lukenut kyseistä kirjaa. Hannu Salaman Juhannustanssien kohdalla oli vähän samanlainen tilanne. Lopulta hänet sentään vapautti Kekkonen muistaakseni, koska tuomittu teksti oli otettu irti kontekstistään aivan kuin Matti Kuuselankin tapauksessa.

Tämän vuoksi en halua olla julkkis.

Enkä myöskään koskaan ole halunnut paparazziksi.

Freelance toimittajan uran lopetin kun 7 päivää lehti aloitti.

Jokainen voi tästä päätellä, miksi...

Elämä kuitenkin tapahtuu enimmäkseen bulevardimedian maailman ulkopuolella.

Siellä minä elän.

Arvostan sitä, että ainakaan vielä en joudu pelkäämään, että jonakin yönä Karhu-ryhmä tulee ovesta raamit kaulassa hakemaan minua kuulusteluihin, joista ei ole paluuta...

Monessa maassa tällainen on mahdollista, joten arvostan sitä, että ei vielä meidän huudeilla.

Ihmisten mielten muokkaus on tätä päivää. Sen vuoksi on hyvä suhtautua tietyllä varovaisuudella kaikenlaisiin moralistisiin manifesteihin. Yleensä olennaista niissä on se, mikä taho niitä esittää.

Kun pitelet käsikranaattia kädessäsi valmiina heittämään sen kohti "vihollista", alkaa olla jo myöhäistä, jos et ole ihan itse päättänyt niin tehdä omista syistäsi.

Normaaliin ihmisten väliseen kanssakäymiseen ei tällainen kuulu.

Myöskään omien demonien siirtäminen toiseen tai vaikkapa tiettyyn ihmisryhmään ei ole kovin rakentava ratkaisuyritys.

Helposti ne livahtavat takaisin.

Mistä sitten tunnistamme propagandan ja manipulaation?

Taitavimmat manipulaattorit osaavat hallita meitä niin, että emme huomaa sitä. Ennen kuin on liian myöhäistä.

Kömpelöintä on kun se tapahtuu "sinun pitää"-tyyliin. Silloin se on helppoa tunnistaa.

Pelkoon, kiristykseen ja nöyryyttämiseen perustuva mielipidemuokkaus on myös tunnistettavissa – vaikkakin siitä puolustautuminen on jo vaikeampaa.

Jo asteen verran hienovaraisempaa on suostuttelu.
"ethän sinä nyt sentään noin voi ajatella".
Siinä vedotaan vaikkapa ryhmähenkeen ja ihmisen
luontaiseen haluun tulla hyväksytyksi. Siihenkin voi
vielä demokratiassa vastata rousseaulaiseen tapaan,
että on eri mieltä – arvostaen.

Sen sijaan silloin kun tietynlainen ajattelutapa
on saanut yhteisössä valta-aseman, toisinajattelu
voi johtaa monenlaisiin vaikeuksiin. Meillä tästä
mainitaan yleensä esimerkkeinä Pohjois-Korea, Venäjä
ja Kiina. Näistä maista on hankalaa saada puolueetonta
tietoa ainakaan valtamediasta, joten en voi tässä sen
enempää puolustaa kuin tuomitakaan näitä maita

Nimittäin, jos olen itselleni rehellinen.

Jos lähtisin julkisesti puolustamaan näitä maita
nykyisessä poliittisessa ilmapiirissä, tulisin
nopeasti lynkatuksi Suomessakin. Somessa minut
ristiinnaulittaisiin.

Maatalousyhteiskunnassa, johon synnyin, oli
itsestäänselvyytenä työn arvostus. Raskaan sodan
jälkeen myös stahanovilainen työn sankarikulttuuri
eli kukoistustaan. Suo, kuokka ja Jussi...ja niin
edelleen. Totisia puurtajia arvostettiin ja laiskureita
paheksuttiin. Keinottelijoita myös kutsuttiin
keinottelijoiksi.

Andrei Stahanov muuten oli neuvostoliittolainen
työn sankarin mitalilla palkittu kaivosmies, joka
sai mitalinsa vuonna 1970 osoitettuaan ahkeruutta
ja omalla esimerkillään sosialistisen järjestelmän
paremmuutta meille läntisen järjestelmän edustajille.
Siihen aikaan siis elettiin Kylmän Sodan maailmassa.
Stahanovilaisuudeksi alettiin kutsua järjestelmää, jossa
työn tuottavuus oli tavoitteena ihmisten uhrausten
kustannuksella.

Kuulostaako tutulta?

Olisin minäkin voinut ruveta stahanovilaiseksi ja
vanhan kaskenraivausperinteen mukaisesti jatkaa
maan viljelyä pientilalla.

Kun tilan jatkaminen olisi tullut ajankohtaiseksi, oli Suomessa kuitenkin jo siirrytty yleisesti agraarisuudesta teollisuusyhteiskuntaan ja myöhemmin palveluyhteiskuntaan.

Lopullinen niitti oli se kun 1960-luvun lopulla alettiin puhua maatalouden ylituotannosta – viljavuorista ja voivuorista. Niiden seurauksena tiloille ruvettiin maksamaan "paketointirahaa" viljelemättömästä peltoalasta

Valehtelisin kuitenkin jos väittäisin, että tämä oli ainoa syy, miksi en kokenut mielekkääksi maanviljelijän uraa. Kyse oli oman motivaation puutteesta, täytyy myöntää.

Olen käynyt lävitse asianmukaiset syyllisyyskompleksit ja pohdiskelut skenaarioista, mitä olisi tapahtunut, jos olisin valinnut sittenkin maanviljelyn elämäntehtäväkseni. Ymmärrän, että joku muu olisi ollut parempi siihen hommaan ja niinpä tilamme ostikin isomman naapuritilan isäntä.

Pääsin siis vähitellen turpeen orjuudesta, mutta se ei vielä ollut sinänsä mitään. Ehkä kaikkein rankinta elämässä onkin se välitila, jossa täytyy elää kunnes uusi tie löytyy. Olipa sitten kyse alan vaihdosta tai vaikkapa avioerosta.

Nykyinen yhteiskuntamalli on monessa mielessä erilainen kuin 1960-70 , jolloin koko Suomi eli murroskautta ja maatalous ei enää tarjonnut töitä entiseen malliin. Maaseutu tyhjeni vähitellen ja kehitys siirtyi lähinnä suuriin kaupunkikeskuksiin – varsinkin kehäkolmosen eteläpuolelle.

Onnekseni stahanovilaisuus alkoi myös pikku hiljaa muuttumaan . Omasta mielestäni se oli hyvä aate silloin kun kaskea raivattiin. Raskaan työn tekijöitä arvostan edelleen, mutta arvostukseeni on tullut enemmän harmaan sävyjä.

Kaikki työ on tietysti arvokasta ja hyvin motivoituna jokainen kykenee parempiin suorituksiin kuin pelkästään pakon avulla. Tämä on näkemykseni. Oikeat ihmiset oikeille paikoille tekemään motivoituneena työtä, joka on heille ominaista.

Sitkeä puurtaminen voi olla motivoitunutta tai sitten pakon sanelemaa. Uhrautuminen oli luontevasti sodan jälkeen arvostettu elämäntapa. Vähän niin kuin Maslown tarvehierarkian mukaisesti ensin piti hoitaa ns. asialliset hommat ja vasta sitten tuli mukaan huvit.

Suomalaiseen huvitteluun on kuulunut ja edelleen kuuluu alkoholi. Se ei poistunut ongelmistosta Kieltolain avulla vaan ehkä enemmänkin vakiintui tietynlaiseksi sivutuotteeksi elämässä, jossa tärkeätä oli – kuinka ollakaan – tuottavuus. Sen vastapainoksi tietenkin piti irrotella.

Edelleen kuitenkin vapaus johonkin oli vain kuin sateenkaaren pää jossain taivaanrannalla. Kaunis haave jostakin paremmasta.

Niin minullekin nyt kun muistelen tuota levotonta nuoruusaikaani. Huteja tuli monenlaisia.

Elämä kuitenkin opettaa. Minusta ei tullut stahanovilaista sankaria, koska ei löytynyt motivaatiota siihen.

Motivaatiota löytyi muunlaisiin juttuihin. Vähitellen aloin ymmärtää, että elämässä on muutakin kuin pientila Etelä-Suomessa. Syyllisyys siitä, että en jatkanut perinteitä alkoi vaihtua uteliaisuuteen, mitä muuta maailmalla on tarjottavana.

Toisessa ääripäässä on esimerkiksi zen-ajattelu, jossa ytimessä on asioiden hyväksyminen sellaisenaan ja niistä nauttiminen ilman turhaa hötkyilyä. Maailma kuitenkin pyörii ihan omalla voimallaan ja ehkä ei sittenkään ole niin hirveän kiinnostunut nuoren miehen kärsimyksistä. Sen sijaan oven löytäminen loputtomalta tuntuvan pään seinään hakkaamisen jälkeen voi olla askel selkeämpään maailmankuvaan.

Zen ei ole tekemättömyyttä vaan elämistä maailmankaikkeuden rytmissä. "Vibrating with the Universe".

Paljon turhalta tuntuvaa energiaa kuluu, jos ei tiedä, mitä elämältä haluaa ja mitä on sille valmis antamaan.

Toisaalta ehkä matkantekokin voi olla hyvin antoisaa. Matkoja on monenlaisia, mutta parhaita ne, jotka avaavat uusia näköaloja. Vapauttavat toimintaan.

Kaiken toiminnan ytimessä on tietenkin lepokitkan voittaminen. Sen voisi ajatella olevan joka-aamuinen rituaali, jossa vapautamme itsestämme päivän energian. Sitä on tietysti jokaisella omanlainen määränsä, mutta se määrittelee päivän sisällön. Isommassa kuvassa sitten elämämme muodostuu näistä valinnoista.

Joutilaisuus on kaikkien paheiden äiti, sanotaan. Haaveilu miljoonista ja helposta elämästä on siis enemmän haahuilua kuin oikeasti hyvän elämän tavoittelua. Elämä ilman unelmia ja uskoa paremmasta on kuitenkin myös lopulta aika ankeaa.

Stahanov vastaan Zen. Mutta elämä on niiden välille jäävällä harmaalla vyöhykkeellä. Värit siihen luomme itse.

Maassa maan tavalla. Suomi on kiistatta pieni maa ja täällä edelleen myös vallitsee yhden totuuden perinne. Vain yksi totuus kerrallaan kuten vähän ilkeässä esimerkissä korpisoturista, joka ei peräänny vaan tekee täyskäännöksen – ja jatkaa reippaasti eteenpäin.

Itsepetos on oikeastaan rikos ihmisyyttä vastaan. Sitä kuitenkin harrastamme kaikki jossain määrin. Elämme jokainen omassa kuplassamme, jonka ulkopuolella olevia asioita ymmärrämme rajoitetusti. Tarve suhtautua kuitenkin jollain lailla suurempiin kokonaisuuksiin saa joskus hyvin absurdejakin muotoja.

Muistanpa, miten erään ystäväni kanssa huomasimme käyttävämme tavallaan samaa ilmaisua, mutta sanat olivat eri järjestyksessä.

Minulle oli muodostunut ärsyttävä tapa käyttää ilmaisua "Tajuutsä?" ja kun ystäväni taas huomasi käyttävänsä samoissa tilanteissa ilmaisua "Sä tajuut!", huomasin, että siinähän se...Kuulosti paljon paremmalta.

Nykyisin koetan välttää molempia ilmaisuja, koska oletan, että kaikissa keskusteluissa jokainen ymmärtää asiat omalla tavallaan. Ymmärtääkö minun pointtini? Ymmärränkö minä hänen? No, siitä voi jo alkaa hedelmällinen ajatustenvaihto.

Yhteiskunnallisessa ajattelussa tämä myös toimii, jos on toimiakseen. Meille syötetään paljon tietoa, joka on useimmiten arvopainotteista. On aina hyväksi ottaa huomioon, mikä on asioiden esittäjän puoluekanta, yritys, aatesuunta, uskonto...yleensä tärkeintä on selvittää, mitä esittäjä haluaa.

Muita yhteiskuntamalleja arvioimme omamme perusteella. Tietenkin.

Me ja ne muut. Aivan kuten primitiivisissä luolayhteisöissäkin, joissa uhka saattoi vaania jo luolan suulla.

Näemme helposti ongelmia muissa yhteiskunnissa, mutta omaamme pidämme puhtaana ja sentään demokraattisena.

Näin on meille opetettu.

Näin on myös opetettu meidän paheksumillemme "muille".

Tämä kuvaa sitä, miten mielipiteemme ja asenteemme syntyvät, rakentuvat ja vakiintuvat.

Mikä niistä on oikeasti omamme ja mikä ympäristömme luoma? Mikä taas meille syötetty.

Ei pidä myöskään unohtaa sitä, että joistakin asioista nyt vain "ei voi puhua"...

Miksi?

Tämä kysymys on häivytetty useimmiten. Disinformaatio toimii silloin kun joistakin asioista halutaan vaieta.

Näin siis meihin vaikutetaan. Niin idässä kuin lännessäkin.

Nyt kuulen jonkun esittävän näitä peruskliseitä, että muualla on sentään diktatuuri ja meillä demokratia...

IX

Paikallinen
ja globaali ajattelu

Muistan erään ranskalaisen dokumentin, jossa
haastateltiin syrjäisessä kylässä asuvia ihmisiä, jota
elivät yksinkertaista elämää ilman nykyaikaisia
mukavuuksia.

Melko tasapainoisilta ja onnellisiltakin nämä
naturalistit vaikuttivat.

Haastattelija esitti heille kysymyksen, ovatko
he koskaan halunneet muuttaa muualle tai jopa
matkustaa ulkomaille.

" Ulkomaille? Voi kauhistus! Ulkomailla on aina sota
ja hävitys. Me haluamme asua täällä", kuului selkeä
vastaus

Kuulostaa tietysti aika hassulta ja naiiviltakin, mutta
miten perustelemme sen, että pidämme heitä jotenkin
meitä huonompina?

Mekin uskomme, että paha on aina itsemme
ulkopuolella. Pakenemme mukavuuksiin luonnon
"ankaruutta". Rakennamme muureja ympärillemme,
mutta silti ahdistus vaivaa meitä.

Miten siis luontoa röyhkeästi tuhoava järjestelmä,
jonka perustana on kylmä rahan ja materialismin
arvostus voisi olla parempi tapa elää kuin luonnon
kanssa vuorovaikutuksessa oleva elämäntapa?

Kysyn, mutta en vastaa vaan jätän kaikille henkilökohtaisesti sekä myös ryhminä ja etupiireinä tämän vastattavaksi.

Jokainen tekee elämänsä aikana valintoja, jotka johtavat uusiin valintoihin määritellen elämämme suunnan.

Teemmekö niitä vapaina? Valitsemmeko itse sen, että elämämme täyttyy asioista, jotka lopultakin enemmän orjuuttavat kuin vapauttavat?

Ja havaitsemmeko itse tämän joskus liian myöhään ?

Mainoksen tyttö hehkuttaa "Minä haluan!" ja manifestoi roskaruoan kotiin tilaamisen mahtavuutta vapauden symbolina.

Maslown tarvehierarkiassa tämä kuitenkin sijoittuu alimmalle tasolle.

Perustarpeiden tyydyttäminen on edellytys sille, että elämä voi olla muutakin kuin kärsimystä. Kuitenkin ihminen voi olla vain yksinkertaisesti onnellinen.

Hyvä ja rakentava elämänasenne on sitten jo oma juttunsa.

Perustuuko se siihen, että haluamme olla "parempia kuin muut"?

Vai haluammeko auttaa muita?

Vai etsimmekö yhteistä hyvää laajemmallekin joukolle kuin oma jengimme tai yhteisömme?

Jopa planeetallemme?

Ilman perustarpeiden kunnossa olemista energiamme ei riitä kuin hengissä pysymiseen. Sekin on tosin olennaista.

Itsetuhoisuus voi nakertaa olemasaolomme perustaa. Näin voi käydä myös silloin, jos liikaa miettii maailman ongelmia ja vaikutusmahdollisuuksiemme rajallisuutta.

Onko mantelitumake ihmisen kirous? Löytyykö sieltä se tekijä, joka saa meidät toimimaan itseämmekin vastaan?

Jokin elämänliekki kuitenkin minuakin pitänyt hengissä silloinkin kun maailma ympärillä on tuntunut vihamieliseltä ja väärään suuntaan kulkevalta.

En tiedä miksi, mutta ihminenkin on organismi, jonka ytimessä on halu pyrkiä valoon ja ravinnon etsintään selvitäkseen.

Joskus voi olla hyväksikin käydä ns. pohjalla osatakseen asettaa elämänarvot järjestykseen.

Nähdä asioita uudessa perspektiivissä.

Näin olen huomannut.

Tämä on minun kokemukseni.

Mikä on sinun ?

Loppuviimein kuitenkin olemme osa Universumia. Vaikka se kuinka epämiellyttävältä kuulostaisi, maailma ei pyöri meidän halujemme varassa tai oman egomme ympärillä.

Sosiaalisessa mediassa voimme kerätä hurjan määrän tykkäyksiä, mutta silloinkin onnemme on ehdollista, sillä yksikin väärin valittu sana saattaa karkoittaa ympäriltämme suurenkin ihailijalauman.

Myös politiikan hillotolpalta voi pudota.

No, tarkoitukseni ei ole pelotella tai edes luoda kauhukuvia.

Olen vain havainnoitsija.

Elämänarvojen suhteen kannattaa olla omavarainen.

Myös rehellinen.

Varsinkin itselleen.

X

Kalevalainen suohonlaulamisperinne

Kuningas Salomolta lienee peräisin sanonta, että ei mitään uutta auringon alla.

Elämme jo kolmatta vuosituhatta ajanlaskumme alusta laskien, mutta vieläkin monet asiat toimivat primitiivisellä tasolla.

Meillä on käytössämme kaikki se tieto, mitä on koottu historian aamuhämärästä asti.

Osaamme laskea planeettojen kiertoratoja ja määritellä lujuuslaskelmia, joita tarvitaan rakentamisessa. Tietotekniikka on tullut avuksemme monella tavalla.

AI eli keinoäly on ihmisten kehittämä ja parhaimmillaan helpottaa hankalien asioiden käsittelyä. Pahimmillaan tietysti tekee ihmisestä sen uhrin.

Tieto on kuitenkin ulottuvillamme paremmin kuin koskaan.

Tältä pohjalta oma ihmetykseni on aikamoinen kun seuraan vaikkapa somekeskusteluja. Sen sijaan, että erilaisia näkökulmia vertailtaisiin mahdollisimman laajalla pohjalla, keskustelut johtavat ennen pitkää siihen, että olennaiseksi tulee erilaisten näkemysten tyrmääminen ja niiden esittäjien mitätöinti.

Tämä toistuu oli sitten kysymys talouspolitiikasta, taidemausta, elämänarvoista kuin kissavideoistakin, jotka voivat saada monetkin kommentoijat suoranaisen raivon valtaan.

"Eihän noin voi sanoa!", "Mitä tuokin esittää olevansa?", "Tuommoinen hirviö ansaitsisi ankarimman rangaistuksen!"

Useimmiten kysymys on siitä, että joku rohkenee toimia toisin kuin kommentoija.

"Sinä olet varmasti tyhmä kun minä en sinua ymmärrä" No, ihan näillä sanoilla harvoin asiaa esitetään, mutta sisältö on usein juuri tämä.

Jokin ihmisessä aiheuttaa sen, että yleinen ajattelu polarisoituu.

On niitä muita ja meitä. Välillemme muodostuu muuri sen sijaan että voisimme siltojen kautta oppia ymmärtämään toisiamme.

Tämä kuitenkin olisi pienen planeettamme etu.

"Tapelkaa pojat niin saatte tupakkaa..." taitaa olla sitaatti Tuntemattomasta sotilaasta...johtaa kuitenkin tämän ilmiön lähteille.

Joillekin on eduksi saada ihmiset tappelemaan keskenään.

Tämän oivalsi myös Macchiavelli. Toisaalta jo Rooman vallan ajoilta on sanonta "Divide & impera" – hajoita ja hallitse.

Meillä taas kalevalainen suohonlauluperinne elää ja herja lentää somessa moderoinnista huolimatta.

Ennen pitkää hyvinkin alkaneet dialogit päättyvät solvauskilpailuihin.

Täytyy tosin myöntää, että joillekin some on ainoa kenttä, jossa pahaa oloa voi purkaa.

Onko siitä apua? Tuskin. Ainakaan kestävästi.

Ongelma onkin se paha olo, jota niin moni meidän ajassamme kokee.

Se ei poistu kieltämälläkään.

Ei myöskään hallituksen kululeikkauksilla.

XI

Seitsemän
"kuolemansyntiä"

Kun puhumme yleisellä tasolla siitä, mitä haluamme, aika harva myöntää, että hänen halunsa merkitsee joskus muiden onnettomuutta. Tämä kuitenkin usein on hinta sille, että voimme nauttia asioista, joista haaveilemme.

Näin vain on.

Jo varhainen kristillinen yhteisö julkaisi listan ihmisenä olemisen perussynneistä. Ihmisenä olemisen heikkouksista. Nykyisin sana synti kuulostaa arkaaiselta, joten heikkouksista puhuminen voisi olla ymmärrettävämpää.

1. *Ylpeys ja turhamaisuus*

Nykyajan turhamaisuus ilmenee varsinkin narsististen henkilöiden toiminnassa. Heille ei merkitse muiden kärsimys mitään vaan oma itse on kaiken yläpuolella. Kykenemättömyys empatiaan tai jopa vastuuseen teoistaan antavat heille mielestään oikeuden toimia vain omien mielihalujensa mukaan...

Narsismi keksittiin jo silloin kun Narkissos katsoi kuvaansa vedestä ja rakastui siihen.
Nykyisin se tunnetaan diagnostisoituna persoonallisuushäiriönä.

Meissä kaikissa on jossain määrin narsistisuutta, mutta tuhoisaksi sen tekee vasta sen vaikutus ympäristöön ja lähimmäisiin. Narsistien kritiikitön itseihailu myös vetoaa niihin, jotka katsovat hänen kauttaan saavan itsetuntonsa kohotusta. Kunhan pääsevät hänen suosioonsa.

Valitettavasti kuitenkin tällainen suosio on usein ehdollista ja ehdot ovat kovin ankarat.

2. *Kateus*

Suomalaisista on sanottu, että meillä kateus vie kalatkin vedestä. Spede jo aikoinaan kuvasi, että suomalainen on valmis maksamaan satasen (silloin puhuttiin markoista), jotta naapuri ei saisi viittäkymppiä

Kateuttakin on tietysti myös se, jossa jonkun menestys kannustaa itseäkin yrittämään parempaa. Silloin voi puhua kannustuksesta.

Yleensä kuitenkin kateudessa on kysymys pahansuopaisesta ajattelusta.

Negatiivisuus voi tuoda hetken helpostusta omaan pahaan oloon, mutta samalla aiheuttaa turhaa kärsimystä monelle viattomallekin.

Itse kateuden kohde taas ei välttämättä ymmärrä, että kadehtivalla ihmisellä on paha olo ja elämä vailla kunnollista perustaa.

Materialistisessa yltäkylläisyydessä elävät taas uskovat, että muut kadehtivat heidän menestystään, vaikka yleensä ainoastaan heidän mammonaansa halutaan itselle.

3. Viha

On ihan luonnollista tuntea vihastumista kun
havaitsee ympäristössään epäoikeudenmukaisuutta
ja väärinkäytöksiä. Silloin normaali reaktio on pyrkiä
korjaaviin toimenpiteisiin.

Kuitenkin on myös mahdollista jämähtää vihaan, joka
ei löydä purkautumiskeinoja.

Vihan tunteita voi aiheuttaa myös läheisen
menettäminen. Silloin tulee mukaan myös suru.
Menettämisen tuska.

Ihmiselämään kuuluvat monet epämieluisat
kokemukset, jotka voivat aiheuttaa vihaa – joko
hetkellistä tai pitkäkestoista.

Näin ollen siis viha on normaali reaktio.

Mitä sitten pitäisi ajatella vihasta elämänasenteena ?

Silloin koko elämän sisältö ja arvorakenne perustuvat
jonkun asian tai ihmisryhmän vihaamiseen ja
demonisointiin.

Elämästä tulee taistelua, jossa tarkoin on määritelty
hyvä, joka on minun tai meidän ideologiamme ja taas
vastapuolen ideologia on jotain, mikä täytyy tuhota.

Maailmankaikkeus ei tunne ei-sanaa, joten tällainen
on negatiivista toimintaa. Esimerkkinä sota, jossa viha
on ainoa sallittu ajattelutapa.

Rajoitettuna "viholliseen" kohdistuvaksi.

Kaikkea muuta pidetään arvottomana petturuutena.

Kun tähän asti on päädytty, on useimmat elämänarvot hylätty ja merkitykselliseksi tulee vain tuhoaminen.

Vihanhallintaterapiassa viha ymmärretään reaktiona, jonka ei tarvitse jatkua ihmistä tuhoavana, sillä periaatteessa viha aiheuttaa sen kokijalle lähinnä tuskaa ja pahaa oloa. Sen vuoksi on hyvä pureutua sen todellisiin syihin.

Syyt voivat olla syvällä, joten niiden löytäminen vaatii usein aikaa ja kärsivällisyyttä. Traumat kuitenkin on hyvä ensin tunnistaa. Sitten vasta paraneminen voi alkaa.

Miten voisikaan parantaaa sellaista, josta ei ole edes tietoinen?

4. Laiskuus

"Se nyt vain on tyhmää maksaa liikaa". Ajattelun laiskuus johtaa siihen, että hyväksymme arvoiksemme hyvin lyhytnäköisiä ajattelumalleja. Haluamme maksimivoittoja minimisijoituksilla, vaikka tiedämmekin, että vähänkin laajemmassa mittakaavassa toimimme oikeasti itseämme vastaan.

Ei koske minua

tai LOL...

Nykyaika suosii itsekästä maailmankuvaa, joten on luontevaa olla laiska ajattelija, joka noudattelee mainosmaailman idylliä elämästä vailla huolia ja vastuuta

Omaa ajattelua pidetään jopa haitallisena kun täytyy vain pitää hauskaa.

Ilmaisten ämpärien jonotus ja "haluatko miljonääriksi"-tyyppiset visat ovat osoitus ihmisen halusta saada helpolla jotain. Tosin ämpärien jonottaminen voi olla hyvinkin rasittavaa verrattuna siihen, että ostaisi sen kaupasta parilla eurolla. Niinikään hyvin harva on miljonäärikisassa edennyt voittoon asti.

Laiskuus voi tietysti tehdä meistä haluttomia mihinkään, jolloin odotamme vain mannaa satavan taivaasta.

Tai johtaa masennukseen ja näköalattomuuteen

Sosiaaliturvajärjestelmämme myös jollain omituisella tavalla on kehittynyt sellaiseksi, että se suosii enemmän passiivisuutta kuin aktiivisuutta vaikka puhuukin "kannustinloukuista". Kuitenkin, jos ihminen on ajautunut syystä tai toisesta yhteiskunnan tukien varaan, pitäisi häntä rohkaista omaan toimintaan eikä rankaista työnteosta, kuten helposti käy.

Suomalaisessa yhteiskunnassa on monia ongelmia, joita yritetään ratkaista pelkällä rahalla. Tulokset eivät ole kovin rohkaisevia.

Laiskaa ajattelua, sanon minä.

5. *Ahneus*

Mauri Moog Konttisen eräässä laulussa 1970-luvulta oli säe:

"Jos sull' on ystävä
ja häll' on ihokas
ja se on hälle kovin rakas
Niin varasta se
ja sull' on kaks "

Se oli silloin tietysti sarkasmia, mutta nykymaailmassa se tuntuu monessa tapauksessa jopa ihan zeitgeist-ajattelulta.

Talouselämässä ei enää puhuta ihmisten tarpeitten tyydyttämisestä vaan oikeastaan yksinomaan sijoitusvoitoista. Tällaisen havainnon olen tehnyt.

Jos jokainen on mukana vain turvatakseen maksimivoiton minimisijoituksella, pajatso tyhjenee pian.

Silloin pitää lainata.

Ja lainan maksavat usein ne, jotka eivät ole sitä halunneet. Ikävä kyllä.

Ahneus on huono elämänarvo. Pahimmillaan se tekee meistä kyltymättömiä ja tyytymättömiä. Kuitenkin se tuntuu kuuluvan myös ihmisluontoon ja kun on päässyt sen valtaan, on vaikeata tyytyä kohtuuteen

Lisäksi sitä voi olla vaikeata tunnistaa itsessään kuten muitakin kuolemansyntejä sen jälkeen kun ne ovat saaneet vallan.

Talouskasvu perustuu oikeastaan ihmisten ahneuteen. Tai sitten siihen, että ihmisistä pyritään puristamaan joka vuosi aina enemmän.

Hölmö kysymys: miksi? En ole kuullut siihen kovin kattavaa vastausta.

6. Ylensyönti

Tuntuu aika oudolta, että ylensyöntikin on jo muinainen pahe. Ehkä sitä pidettiin ennen vielä suurempana syntinä, koska siihen oli vain pienellä osalla ihmisistä varaa.

Onko nyt toisin? Todellisuudessa nykyisinkin ylensyöntiin on varaa vain pienellä osalla ihmisistä. Me elämme ns. läntisessä maailmassa ja olemme tottuneet siihen, että ruokaa on tarjolla ja jopa valikoimaa.
Toisin on maissa, joita on joko riistetty tavalla tai toisella tai joiden kohtalona on karu ja köyhä maaperä.

Mikä saa sitten ihmisen ajautumaan ylensyöntiin?

Tuskin pelkästään Raxin mainos.

Ihmisessä on sisäänrakennettu tarve ravintoon, joka säätelee toimintaamme. Kun nälkä on tyydytetty, ei enää tarvitse syödä. Ei myöskään ole syytä ahnehtia enemmän kuin tarvitsee.

Joskus kun vielä kävin mäkkärillä, huomasin, että jo lyhyen ajan jälkeen nälkä palasi, sillä mäkkäriruoan ravintopitoisuus oli alhaisempi kuin sen makuhermoja hivelevä aromi.

Jokainen tietysti syö sitä, mitä haluaa, mutta mässäily on epäterveellistä.

7. *Himo*

En ole ihan varma, mitä kaikkea sisältyi himon käsitteeseen sen alkuperäisessä muodossa.
Tuskin pelkästään seksuaalista halua. Onhan myös kunnianhimoa, vallanhimoa ja vaikkapa makeanhimoa, jotka molemmat voivat kohtuullisina olla hyviäkin asioita

Seitsemän kuolemansynnin listallakin himo on alimpana Danten Jumalaisen Näytelmän järjestyksessä. Himo voi kuitenkin ihmisen valtaansa saadessaan aiheuttaa monenlaista vahinkoa.

Joskus se saa meidät toimimaan järjenvastaisesti ja nyt en puhu hullusta rakkaudesta, josta on kirjoitettu huikeitakin teoksia. Puhun sellaisesta himosta, joka nakertaa ihmisen sisintä ja saa toimimaan lopulta itsetuhoisesti.

Vahingollista sielulle.

Vahingollista myös ihmiskeholle.

Se on yhteistä näille seitsemälle "synnille", joita mieluummin heikkouksiksi nimittäisin.

Ne kuitenkin vaikuttavat meissä ja en usko minkään lobotomialeikkauksenkaan niitä täysin poistavan. Tai ainakaan ilman haitallisia seurauksia.

Ehkä tärkeintä onkin olla tietoinen niiden olemassaolosta. Ja tunnistaa ne itsessään ennen kuin ne ottavat vallan.

Hyviä elämänopetuksia meidänkin ajallemme, vaikka synti-sana onkin vähän arkaainen.

Elämänopetuksia. Taisin jo tuossa alussa mainita, että tämä ei ole mikään elämäntapaopas. En myöskään ole minkään yhteisön, poliittisen tai taloudellisen puolestapuhuja vaan kirjoitan pelkästään omia yksityisiä havaintojani maailmasta keväällä 2024.

Tiettyjä arvoja minullakin silti on.

Väkivalta ei ole ratkaisu.
Väkivalta on ongelma.
Ihmisarvo kuuluu kaikille.
Meistä jää kaikista jälki tänne.
Millaisen jäljen sinä jätät?
Joskus toisen auttamiseen riittää oven avaaminen.
Emme vie mitään mukanamme lähtiessämme.
Jos olet tyytymätön elämääsi, lähde liikkeelle ja korjaa se.
Et ole puu. Puut ovat juurtuneet maahan.
Me olemme täällä vain vierailulla.

XII

Elämää kutistavat addiktiot

Puhuttaessa riippuvuuksista – addiktioista – yleensä ajatus siirtyy alkoholismiin tai huumeriippuvuuteen. Nykyisin on mukaan tullut myös uhkapeliriippuvuus. Näihin on myös onneksi tullut avuksi mm. vertaistukiryhmiä ja erilaisia terapioita, joissa on mahdollista vapautua siitä eräänlaisesta vankeudesta, jota pahaksi kehittynyt riippuvuus voi aiheuttaa.

Riippuvuuksia on kuitenkin monenlaisia. Joskus olen ajatellut, että mummovainajani aiheutti minulle pahan kahviriippuvuuden opettaessaan minulle jo viisivuotiaana pullamössön kautta kofeiinin piristävän vaikutuksen. Olen kyllä jo aikoja sitten antanut hänelle synninpäästön ja ymmärrän senkin, miten tärkeä juttu hänelle oli hyvä kahvi. Sodan jälkeen sitä oli ensin saatavilla vain ns. paremmissa piireissä ja kun ajat paranivat, oli tavallisella väelläkin mahdollisuus kahvin juontiin. Mummoni siis aloitti päivänsä tuoksuvalla kahvilla, joka joskus aromillaan herätti minutkin.

Jotenkin muistan niiltä ajoilta myös kahvimainoksen, jossa neuvottiin päättämään päivänsä kahvilla. No siinä tarkoitettiin tietenkin sitä, että nautinnollinen kahvihetki voi olla illallakin, vaikka monelle se merkitseekin yöunien häiriintymistä.

Nautintoahan me tietysti haemme alkoholista ja huumeistakin. Ajatuksena aluksi, että tämähän tuntuu hyvältä. Sitten kuitenkin vähitellen ajaudumme haluamaan enemmän ja useammin asioita, jotka tekevät meistä riippuvaisia ja orjuuttavat jopa.

Jos näistä riippuvuuksista ei aiheudu välitöntä taloudellista haittaa, ajattelemme helposti, että pystymme kyllä hallitsemaan käyttöämme. Tietyn rajan jälkeen kuitenkin olemme tilanteessa, jossa addiktiomme kohde hallitsee meitä.

Kyllähän me tämän ajatuksen tasolla tajuamme, mutta kun ihmisluonto kykenee uskomattomiin itsepetoksiin, voi joskus tarvita kovinkin järisyttäviä seurauksia ennen kuin huomaamme olevamme ns. koukussa.

Jonkinlaisia riippuvuuksia ovat tietysti myös pinttyneet tapamma ajatella ja toimia. Kaikenkaikkiaan on olemassa hyvin laaja määrä asioita, jotka voivat orjuuttaa meitä pakkomielteisesti. Periaatteessa tietysti niistä voi myös parantua kunhan on ensin itselleen myöntänyt ongelmat.

Kaikille se ei onnistu sittenkään, mutta jo sen tajuaminen, että joku asia on muodostunut ongelmaksi, voi olla alku siitä vapautumiseksi. Vapauttaahan se paljon sellaista, joka on saanut meidät heikoksi. Tuskin kukaan suunnittelee esimerkiksi alkoholistin uraa, mutta tie siihen on hyvä ymmärtää.

No, tässä en kuvaile niitä tapoja, jotka voivat vapauttaa, sillä nykyisin voi jo googlettamalla löytää monenlaisia toimivia tukiryhmiä ja terapioita. Enimmäkseltään kysymys onkin siitä, onko valmis lähtemään muutoksen tielle.

Lopetin tupakanpolton vuonna 1988 heinäkuussa poltettuani sitä ennen kohtuullisen pitkään. Välillä yritin lopettaa, mutta addiktio vei voiton kun elämässä tuli huolia – tai sitten vain tuntui, että voinhan aina yhden tai kaksi savuketta välillä poltella.

Sitten vain tuli elämään muuta sisältöä ja yllättävänkin helposti tuo sitkeä tapa jäi sitten. Turha odottaa kuitenkaan minulta mitään moraalisaarnaa, sillä tämän kokemuksen kautta ymmärrän, miten vaikeata on päästä kerran opitusta tavasta.Yhä vieläkin ajattelen olevani vain tupakkalakossa, sillä tiedän, miten helposti tähän epäterveelliseen tapaan voi langeta uudelleen.

Muutenkin suhtaudun vähän skeptisesti siihen, että toisen ihmisen addiktioita voisi muuttaa moralisoimalla. Kyllähän minäkin tiesin jo koulun terveysoppitunnilta lähtien ja savusirkun demonstroimana, että tupakka on myrkkyä. Vertaistuki voi silti olla hyvä, jos itsellä on tahto vapautua.

Monenlaisia riippuvuuksia on. Voihan riippuvuutta olla sekin, että jatkuvasti hakee rakastumisen tunnetta.

Mikä sitten on addiktion ja opitun tavan ero?

Joskus se on hankalaa määritellä, koska toimintamme perustuu aika paljolti tiedostamattomiinkin tapoihin. Voi olla harmitontakin, jos tarvitsee kahvikupillisen aamuisin päästäkseen liikkeelle, mutta jos puoli pannullistakaan ei riitä, voi jo olla huolissaan.

Takertuminen orjuuttaviin tapoihin voi olla kuitenkin myös este hyvälle elämälle. Hyvä on alkaa miettimään, jos tuntuu, että jotkut tavat nyt vain ovat iskostuneet tajuntaamme niin vahvasti, että emme ns. pysty elämään ilman niitä.

Kaikki on kuitenkin suhteellista. Käsite läheisriippuvuus on tullut siitä, että rakkauden ja kiintymyksen tarve on saanut suhteettoman suuren osan elämästämme ja sen kautta asetamme kumppanillemme tai ystävillemmekin vaatimuksia siitä, että heidän pitäisi aina olla saatavillamme.

Ihmissuhteissa kuitenkin luonnollinen yhteys on jotain ihan muuta. On luontevaa ja luonnollista jakaa yhdessä asioita ja läheisriippuvuudeksi en kutsuisi sellaista, jossa asioita koetaan ja jaetaan yhdessä toinen toistaan arvostaen. Eron kyllä huomaa.

Moni muukin kevyesti esitetty diagnoosi voi perustua mutu-pohjaiseen ajatteluun kuin varsinaiseen persoonallisuushäiriöön. Olisi hyvä välttää ihmisten harrastelijamaista tuomitsemista ja varsinkin tekopyhyyttä.

Me ihmiset nyt vain olemme, mitä olemme.

Selvissä addiktiotapauksissa kuitenkin on lähimmäisrakkautta ohjata addiktioista kärsivä

ihminen mieluummin hoitoon kuin moralisoiden lisätä hänen taakkaansa.
Näin minä ajattelen.

Ikävä kyllä me ihmiset helposti heitämme hädässä olevaa ankkurilla kun pitäisi tarjota pelastusrengas.

Mikä sitten on addiktioiden perustana? Luulisin, että useimmiten vain yksinkertaisesti asioiden hallinta riistäytyy käsistä. Elämänhallinta. Voiko elämää täysin hallitakaan? Ehkä ei, mutta yliannostus mitä tahansa voi koitua ongelmaksi, jos ei sitä itse huomaa. Tästä olisi monia esimerkkejä ihan arkisella tasolla.

Miksi sitten jotkut ajautuvat addiktioihin ja toiset eivät? Tähän kysymykseen minulla ei ole vastausta, mutta alan kirjallisuutta on saatavilla siinä määrin, että addiktionsa havainnut ja siitä paranemaan haluava voi sieltäkin löytää apua. Yksin ei kannata lähteä noita asioita murehtimaan, jos apuakin on tarjolla.

Asioiden kieltäminen toisaalta jumittaa, joten tie ulos addiktioistakin kulkee mukavuusalueen ulkopuolella

Haluamme monenlaisia asioita. Se kuuluu ihmisluontoon. Sopivasti kaikkea kuulostaa helpolta elämänohjeelta, mutta se on oikeastaan aika halpa, koska ajattelumme on jo lähtökohtaisesti kompleksista. Johtuneeko sitten mantelitumakkeesta.

Tuhoisaa ihmiskunnalle on se, että ihmisten addiktioilla tehdään kauppaa. Orjuuttavaa kaupankäyntiä – olipa se sitten laillistettua tai ei.

"Every junkie is a setting sun..." laulaa Neil Young.

XIII

Joukkotiedo(s)tus

Sulkakynästä Microsoft Wordiin...aikamoinen matka historiassa.

Nyt kirjoitan läppärillä tiedostoon. Sulkakynää en omista.

Maalla syntyneenä ja kuitenkin tiedonhaluisena oli kohtuullisen hankalaa päästä tiedon jäljille. Kirjastoauto kävi keskiviikkoisin iltapäivällä ja ahminkin kirjoja silloin. Muistan mukavan kirjastoautokuski Jorman, joka toimitti minulle tilaamani teokset kun olin ne ensin tilannut. Häneltä sain hyviä vinkkejä. Teini-ikäisenä luin lähes kaiken, mitä käsiini sain.

Maalla asuessa suuri maailma näytti kiehtovalta. Tietenkin myös tuli usein tunne, että muualla on meneillään jotain aivan mahtavaa ja minut on jätetty tänne kauas kaikesta.

Kiehtovasti kirjoitetut teokset eivät tunnetta lieventäneet.

Luin vähän kaikenlaista Dostojevskistä Sariolaan unohtamatta Angelika-sarjaa. Inkkarijutuista tuli ensi-ihastuksekseni Pocahontas...

Kaikenlaista.

Myös lehtiä aloin lukea aika nuorena. Silloin ne välittivät erilaisia näkökulmia riippuen julkaisijansa poliittisesta näkemyksestä. Niinpä varsinainen heräämiseni tapahtuikin hurjana vuonna 1968.

Jenkit olivat jo Vietnamissa pommittamassa ja sitten loppukesästä Neuvostoliitto miehitti Tsekkoslovakian. Molemmat suurvallat paljastivat korttinsa minulle ja sen jälkeen en nähnytkään enää maailmaa ruusunpunaisin silmin.

Tosin hippiaate jätti jälkensä.

Seitsemäntoistavuotiaana kuulosti herkän nuorukaisen korvaan loukkaavalta entisen luokkatoverityön luonnehdinta : " Sinä olet sellainen Rakkauden Apostoli".

Myöhemmin olen ajatellut sitä arvostuksena. En sentään ruvennut riistokapitalistisikakoiraksi, joka oli siihen aikaan toinen nimitys...

Suomessa oli silloin kaksi tv-kanavaa ja uutiset tavoittivat koko kansan. Heikki Kahila toimi kansan valistajana aikana, jolloin kerrottiin hurjia tarinoita kuulennoista ja tekniikan huikeasta kehityksestä.

Tietenkin myös jatkuvista sodista, jotka olivat meneillään eri muodoissa. Olihan maailma jakaantunut sosialistiseen ja kapitalistiseen leiriin.

Maailma kuvattiin eri lailla näistä lähtökohdista.

Maailma oli kuitenkin sanojen vankina ja silloin oli mielenkiintoista etsiä todellisuutta kaikkien sanojen takaa. "Maailma sanojen vankina" oli muuten Erkki Saksan toimittama mainio sarja, joka pureutui mielenkiintoisesti erilaisiin ilmiöihin syvemmältä kuin viihdeohjelmat. Sekin valitettavasti lopetettiin.

Viihdeuutiset tulivat Maikkarin mukana. Totiset naamat vaihtuivat hymyileviin kevennyksiin. Tiedonhaluista ne eivät ainakaan rikastuttaneet enempää kuin Kahilan turvallinen jokailtainen liturgia.

Niin, olen siis kiinnostunut maailmasta sellaisena kuin se on. Sen vuoksi en ole innostunut yleensä, jos minuun on yritetty istuttaa aatteita, jotka perustuvat toisen aatteen mitätöintiin. Olemme tällä yhteisellä planeetalla, joten vain yhteistoiminnalla voimme saada jotain merkittävää aikaan.

Väkivalta ja sota tuhoavat.

Mutta tämän taisin jo todetakin.

Luonteva askel tiedonhaluiselle nuorelle miehelle oli pyrkiä toimittajan uralle. Pääsinkin, mutta siitä urasta ei ole kovin paljon kerrottavaa, sillä muut asiat veivät mennessään.

Ehkä mielenkiintoisin kokemus alalla oli silti kun odotin kesällä vuonna 1977 pienen kaupunkimme pikkuravintolassa unkarilaista keihäänheiton olympiavoittajaa ja maailmanennätyksen heittäjää Miklos Nemethiä. Hän oli tulossa kaupunkimme kentälle heittämään seuraavana päivänä.

Miklos tuli kuitenkin vasta seuraavana päivänä. Vasta hotellin ravintolassa istuessani kuulin suunnitelmamuutoksesta. Se tietysti oli pettymys, sillä minulla oli liuta kysymyksiä hänelle...

Sitten kuitenkin lähdin purkamaan pettymystäni toiseen tanssipaikkaan, jossa – kuinka ollakaan – tapasin todella mukavan tytön. Hänen kanssaan vietin ikimuistoisen kesän. En tiedä, olisimmeko tavanneet ilman Miklos Nemethiä...

Asiat johtavat toisiin ja ... niin tämä maailma elää.

En koskaan oikein halunnutkaan tulla tähtitoimittajaksi. Ihan oikeasti en. Minua on aina kiinnostanut enemmän featurejournalismi, jossa etsitään syitä ja seurauksia sekä myös erilaisia näkökulmia.

No, kirjoitinhan sitten kuitenkin aika paljonkin.
Joskus 70-luvulta 80-luvun puoleen väliin sain seurata Suomirockin kukoistusta.
Mielenkiintoista energiaa ja monenlaista tyyliä.

Kaiholla muistan.

En kuitenkaan juuri muistele paikallislehden hukkakaurajuttuja tai senttarina palstamilleinnä laskutettuja tilausjuttuja, joista rahat sai milloin sattui...

Lopullisesti jätin free-lance toimittajan työt silloin kun 7 päivää-lehti aloitti.

Media-ala kuitenkin kiinnostaa, sillä onhan se kaikesta huolimatta aikamoinen valtatekijä. Mielenkiintoinenkin. Sen nykytila vain on aika huolestuttava. Jossain vaiheessa toimittajista tuli sisällöntuottajia ja uutisista viihdeuutisia. Jonkun mielestä tietenkin se on ihan jees, mutta minä elän mieluummin todellisuudessa kuin viihdemaailman lumetodellisuudessa.

Voisi ajatella, että nykymaailmassa sosiaalinen media olisi vaihtoehto kaupalliselle ja hyvin yhdenmukaiseksi muodostuneelle mediatarjonnalle. Suomessa kuten USA:ssakin uutisia välittävät yhtiöt, joille näkyvyys on usein sisältöä tärkeämpää.

Tylsän todellisuuden sijaan ne välittävät maailmankuvaa, jossa on draamaa ja ääri-ilmiöitä. Vain hurjimmat jutut myyvät itsensä sivuille ja tv-ruudulle.

Sosiaalinen media sen sijaan voisi lähestyä ihmistä ihmisnäkökulmasta. Onkin niin, että monet ihan tavallisen ihmisen elämää kuvaavat blogit ovat tulleet suosituksi somessa. Melkeinpä kuka tahansa voi tehdä elämästään maailmanlaajuisesti seurattavan.

Monet blogit ovat kiintoisia kurkistuksia erilaisiin maailmankuviin. Kuitenkin useimmiten ne vain vahvistavat jo valmiina olevia näkemyksiä. Harvoin tulee debattia erilaisten maailmojen välillä.

Tämä kuitenkin olisi minusta tärkeätä meidän ajallamme.

Kun jopa kissavideoita kommentoidaan järkyttävillä vihakommenteilla, joissa suurin piirtein tärkein sisältö on toisen ihmisen kaiken ihmisarvon mitätöinti, mennään aika lailla väärään suuntaan sananvapauden suhteen. Ainakin minun mielestäni.

Valtamedia taas ristiinnaulitsee yksilöitä kun siltä puuttuu rahkeita todellisten ongelmien ratkaisuun. Antero Okkosen Toimittajan huoneentaulussa on teesi

" Muista, että syyte ei ole tuomio ja sinä et ole tuomari" on unohdettu monta kertaa ja yksittäiset henkilöt ovat tulleet koko kansan häväistäväksi.

Tänäkin keväänä moni on joutunut median hampaisiin ja joutuu elämään julkisesti häpäistynä, vaikka oikeusjuttukin olisi vasta aluillaan. Oikeusjärjestelmämme hitaus pitää myös siihen joutuneita löysässä hirressä tuomiota tai vapautusta odottaessaan.

On tietenkin tärkeää, että myös epäkohdista kerrotaan, mutta tämä nykyinen likasankojournalismi ei saa minulta minkäänlaista sympatiaa. Siihen siirtyminen yli 30 vuotta sitten sai minut poistumaan alalta. Tosin silloin myös suuri lama alkoi vaikuttaa media-alaan.

"Pysy tosiasioissa, epämiellyttävissäkin", kuuluu Okkosen toinen teesi.

Kuinka hyvin sitten todellisuus välittyy nykymediassa?

Minusta ei kovin monipuolisesti. Koko alaa en tuomitse tietenkään, mutta jo se, että klikkausjournalismi on tehnyt tiedon välittämisestä viihdepainotteista on toisaalta vienyt resursseja tutkivalta journalismilta ja niiltä medioilta, jotka eivät kulje valmiiksi viitoitettuja teitä.

TV-uutiset ja valtamedia eivät enää ole pääasiallisia tietolähteitäni. Niiden maailmankuvan jo tiedän. En seuraa sen enempää naapurimaamme mediaakaan, koska se on pääsääntöisesti julistettu kielletyksi Suomessa. Tämä maailman kahtiajako on todella ikävä juttu, joka vielä korostuu kun ETY kokouksen 50-vuotipäivä lähestyy. Kun vuoropuhelun sijaan on ajauduttu sotaan jopa Euroopassa, ei ole juuri fiilistä juhlintaan.

Vaikka tekniikka on mahdollistanut tiedon ja sivistyksen leviämisen ja kommunikoinnin mahdollisuuden eri puolilla maailmaa, silti painiskelemme samojen vanhojen ongelmien kanssa kuin kristillinen yhteisö, joka loi käsitteen seitsemästä kuolemansynnistä.

Joukkoviestimien kautta meille tuodaan mielikuvia ihmisistä, joita emme oikeasti tunne. Viestimien painotuksista riippuen joko jumaloimme tai vihaamme heitä. Vaikka siis emme henkilökohtaisesti olisi edes tavanneet heitä. "Muista, että sinä et ole tuomari...", luki Antero Okkosen Toimittajan Huoneentaulussa, mutta niin vain inkvisiitio saa ihmisen joko viharaivon valtaan tai jumaloimaan julkisuuteen marssitettuja ihmisiä.

Myynninedistämismielessä luodut mielikuvat toimivat helposti ihmismielessä ja toimimme niiden mukaisesti tuntien olevamme kaiken lain yläpuolella. On tietysti tärkeää, että myös yhteiskunnan varjopuolista kerrotaan mediassa, mutta kun se usein tapahtuu joku yksilö tikunnokkaan nostaen, voi käydä niin, että syyttömätkin tuomitaan jo ennen oikeudenkäyntiä. Moni on juuri julkisuuden tuoman häpeän vuoksi päätynyt dramaattisiinkin ratkaisuihin.

Epäkohdista kertominen jää toisarvoiseksi kun pääpaino tulee syntipukille, joka edustaa yksin kaikkea pahaa ja tuomittavaa.

Tämä on kaikessa epäinhimillisyydessään hyvin kuvaavaa heikolle ihmisluonnolle, joka on helppoa valjastaa nyvän ja pahan välisen taistelun varjolla tekemään mitä hirveämpiä tekoja uskoen ja kuvitellen olevansa ns. hyvän puolella ja vain estävänsä pahaa toteutumasta.

Somessa tämä toteutuu päivittäin vaikka sitä väitetäänkin moderoitavan niin, että vihapuhe ei toteutuisi. Monelle se on kuitenkin henkilökohtaisen kaunan ja pahansuopaisuuden eetteri, jossa tärkeintä ei ole oman hyvän olon etsintä vaan pahan olon levittäminen muille, jotka julkeavat ajatella eri lailla.

Oma juttunsa on sitten vielä ihmisten tarkoituksellinen manipulointi ja suoranainen aivopesu...

En olisi uskonut tällaista tapahtuvan elinaikanani, mutta niin vain Francis Fukuyaman ajatus historian lopusta ja yhtenäisestä maailmasta osoittautui utopiaksi.

Sen sijaan dystopia Harmagedonin sodasta on hyvin lähellä.

Utopiaa historian loppuminen oli muutenkin, sillä se perustui hyvin yksipuoliseen maailmankuvaan ja siihen, että yksi osapuoli olisi voittanut ja toinen hävinnyt.

Historiaa on aina kirjoitettu voittajien ehdoilla. Naiivisti voisi ajatella, että 30 vuotta sitten olisi ollut mahdollista alkaa kehittää maailmaa yhdessä kaikki huomioon ottaen.

Näin ei kuitenkaan käynyt.

Vuonna 1948 julkaistu Ihmisoikeuksien Julistus on hyvä ja kattava kokoelma asioita, joiden soisi toteutuvan ainakin jollain tasolla, mutta tällä hetkellä Euroopassakin sen tavoitteet tuntuvat jälleen kaukaisilta

Kaukaiselta tuntui sotakin silloin kun sitä käytiin vain Euroopan ulkopuolella.

Sitten sota tuli Jugoslaviaan, jossa jännitteet purkautuivat 1990-luvulla. Hirvittävät murhat siivittivät tämän entisen sitoutumattoman maan hajoamista. Veli nousi veljeä vastaan. Etniset syyt johtivat sekasortoon, jonka korjaamista ei voi odottaa sukupolviin.

Tiedän sen, sillä ex-vaimoni oli kotoisin Jugoslaviasta.

Jugoslaviassa oli kahdeksan osatasavaltaa ja kukin vuorollaan valitsi presidentin vuodeksi.
Tito halusi jättää jälkeensä maan, jota ei hallittaisi diktatoorisesti.

Sodissa ensimmäinen uhri on yleensä totuus, joten en kommentoi tämän enempää Jugoslavian sotaa. Totean vain, että se särki monta illuusiotani eurooppalaisesta idyllistä.

Nyt toimitamme aseita sotatoimialueelle. Tätäkään en kommentoi seurauksien pelossa tämän enempää.

Sen sijaan vielä vähän median tilasta.

Nuorempana luin mielelläni erilaisia juttuja erilaisista lehdistä ja tunsin, että niin voin orientoitua maailmaan, jossa elän. Nykyisin joudun suhtautumaan kaikkeen jollain lailla kriittisesti.

Mikä on totta? Mikä on propagandaa tai vastapropagandaa? Mikä on disinformaatiota? Mikä on mielipidevaikuttamista?

Mitä oikeasti on tapahtumassa maailmalle, jossa elän?

Saanko siitä tietoa mediasta vai onko sen tehtävä vain viihdyttää minua?

Onko tärkeintä se, mistä ei kerrota?

Koska kaikilla ei ole mahdollisuuksia matkustaa maailman tapahtumakentille itse ottamaan asioista selvää, tarvitsemme tiedon välittäjiä.
Jos tämän kentän valtaavat ne, jotka ovat kiinnostuneita vain klikkauksista, ollaan aika lailla heikolla pohjalla.

Nimittäin jos todella haluamme tietää, mitä tapahtuu. Onnellisempaa voisi tietenkin olla autuaan tietämätön.

Mutta kun kaikki kuitenkin vaikuttaa kaikkeen.

Niin paikallisesti kuin globaalistikin.

Maailma kaipaisi kunnon vuoropuhelua erilaisten näkemysten välillä.

Sota on alkeellisin vuoropuhelun muoto.

Nykyinen joukkotiedotus on enemmän tietyn näkökulman markkinointia kuin tutkivaa ja eri vaihtoehtoja punnitsevaa. Näin väitän.

Kun ennen puhuttiin puffeista, nykyään puhutaan tuotesijoittelusta (product placement). Joskus siitä on maininta ohjelman alussa tosin. Ei aina. Kuitenkin katsojan on vaikeata erottaa toisistaan mainosta ja aitoa kuluttajanvalistusta. Oma juttunsa ovat maksetut testit, joista joku joskus ihan oikeasti jää kiinnikin. Yleensä kuitenkin kysymys on lähinnä myynninedistämisestä tai miksi sitä sitten kutsutaankin.

Raha puhuu.

Katselin joskus 2000-luvun alkupuolella BBC:n remonttiohjelmaa "House Invaders" (sittemmin "Big Strong Boys"). Siinä oli ajatuksena remontoida uuteen uskoon asuntoja, joihin haluttiin uutta ilmettä. Budjetti oli rajoitettu ja niinpä kekseliäisyys olikin olennaista. Sain silloin hyviä ideoita myös oman mökkini remontteihin. Trendikkyys ei minua silloin kiinnostanut vaan käytännöllisyys. Siinä samassa tietysti tuli huomioiduksi myös lopputuloksen ulkoasu.

Suomeen remonttiohjelmat tulivat sitten erilaisissa formaateissa, joissa kaupallisuus oli enemmän tai vähemmän läsnä. Mentiin asiantuntijoiden valitsemiin ostopaikkoihin ja himmeäksi jäi mainoksen ja valistuksen raja.

En nyt tässä suinkaan lähde taistelemaan autenttisuuden puolesta kaupallisuutta vastaan, sillä kaupankäynti on ihmisten elämän perusta.

Selaan kuitenkin mieluummin kauppiaiden kuvastoja kuin kuuntelen ja katselen minulle suunnattua mainosohjelmaa, jossa oleellisinta on myynninedistys.

Viihteen varjolla voi toki valistaakin, mutta minusta ero tulisi tehdä selväksi.

Joukkotiedotus on muutenkin muuttanut muotoaan niin, että kun jokin näkemys halutaan vallitsevaksi, sen kanssa eri mieltä olevat feidataan taustalle tai jopa demonisoidaan. Näin meille tulee paketteja, jotka sisältävät kokonaisia elämäntapakokonaisuuksia.

Kun Coca Colaa alettiin myydä meilläkin 1950-luvulla, ei tuoteselostetta voitu julkaista liikesalaisuuksien vuoksi. Niinpä tämän juoman varjolla alettiin myydä tietynlaista elämäntapaa. Jonkun nerokas idea oli korvata tuoteseloste vapautta korostavalla mielikuvalla, jossa piiloviestinä oli, että juomalla Cokista, olet in – tai mitä termiä nyt milloinkin käytetään hyväksytyksi tulemisesta.

Jokainen, joka on joskus lukenut Virallista Lehteä, tietää, että elävöittäminen on olennaista, mikäli halutaan jonkun kiinnostuvan luettavasta. Aika pitkälle toiseen päätyyn mennään, jos pelkkä ulkoasu peittää alleen sanoman. Jokaisella viestimellä on kuitenkin jokin sanoma. Jos et sitä huomaa, olet jo sisäistänyt sen.

Meille siis myydään maailmankuvia vähän kuin shampoota tai lenkkimakkaraa. Vaikka sitä ei tehtäisikään avoimesti, on kuitenkin kysymys vaikuttamisesta mieleen. Autoritäärisissä yhteiskunnissa vaikuttaminen tehdään suoraan ja jopa pakottamalla. Parempi vaikutus kuitenkin on suostuttelulla.

Lahjonta, kiristys, uhkailu, pelottelu...kuulostaako
tutulta, lasten vanhemmat?

Mediakasvatusta tarvitaan. Myös moniarvoista
kuluttajavalistusta ja ympäristöarvoista puhumista.
Mukavuusalueelta poistuminen voi tietysti olla
epämukavaa, mutta sitä on loppuviimein myös
valheellisuudessa eläminen.

Tässä vaiheessa huomaan olleeni aika kriittinen
toimittajakuntaa kohtaan. En odotakaan mitään
suitsutusta siltä suunnalta, vaikka en
henkilökohtaisesti kohdista kritiikkiäni yksittäisiin
toimittajiin. Olen itsekin alalla toimineena
huomannut, että jokainen tekee työnsä niin hyvin kuin
se on mahdollista.

Voitte tietysti tulkita tämän purkaukseksi omista
huonoista kokemuksistani, mutta tyhjästä tämä tunne
ei ole syntynyt. Jossain vaiheessa vain aloin tuntea
suurta epäviihtyvyyttä alalla.

Sensaatiotoimittajat varmasti löytävät helposti
tästäkin kirjasta paljon teilaamista, joten miksi
kohtelisin heitä erityisen hellästi? En kuitenkaan lähde
tämän enempää heitä provosoimaan.

Kun valtavirta alkoi siirtyä sensaatiojournalismiin,
alettiin toimittajia kutsua "sisällöntuottajiksi".
Tutkivalle journalismille olisi kuitenkin meidänkin
ajassamme sosiaalinen tilaus. Likasankojournalismia
en kaipaa vaan sellaista, jossa asioista kerrotaan
monipuolisesti ja valistaen eikä vain tuomiten ja
ylistäen. Vaikea laji, koska kustannusvastaavuus
asettaa rajoituksensa vapaalle tutkivalle journalismille.
Ne realiteetit...

Viihteellisyys ei myöskään sinänsä ole paha juttu. Hauskaahan elämän pitää myös olla.

Täytyy kuitenkin sanoa, että minua kuvottaa kun toimittajat ryntäävät hyeenalauman lailla tikunnokkaan nostettujen ihmisten kumppuun ja heittävät näitä ihmisten lynkattavaksi.

Kaksinaismoralismi ei kuulu myöskään hyvään journalistiseen tapaan.

Mutta sori, toimittajat. Tekin teette vain työtänne.

XIV

Mielen terveys

Ei, en unohtanut suomenkielen yhdyssanasääntöä.
Tarkoitan ihmisen mielen terveyttä.

Ihmismieli kykenee käsittelemään vaihtelevan määrän
ulkoa tulevia ärsykkeitä. Toisilla sietokyky on alempi,
toisilla korkeampi.

Kaikilla meillä kuitenkin on raja, jolloin mieli murtuu.
Seuraukset voivat olla moninaiset.

Olen jotenkin kauhua tuntien seurannut
terveydenhoitojärjestelmämme muutosta
kansanterveyslaitoksesta kaupallisiksi
tuotantoyksiköiksi. Tendenssi on näkynyt 90-luvun
alusta lähtien. Silloin meille hoettiin, että pitää olla
kilpailukykyä, koska maailma on muuttunut, emmekä
vanhoilla opeilla enää pärjää. Mitä tämä käytännössä
tarkoitti, on vasta vähitellen paljastunut minullekin.

Vahvat pärjäävät, heikot sortuvat, on
kilpailuyhteiskunnan henki.

Pahiten se näkyy juuri mielenterveystyön alueella. Yhä
suurempi määrä ihmisiä on pudonnut yhteiskunnan
marginaaliin, jossa näkymät eivät todellakaan häikäise
kuin osakemarkkinoilla.

Arvottomuuden tunne ajaa ihmiset monenlaisiin reaktioihin. Kun sitten vielä maahan ajettuja syyllistetään ja pilkataan, on vaikeata nähdä siinä siinä ideologiassa mitään yleishyödyllistä.

Yleishyödyllisyys onkin harvemmin kuultu sana kun puhutaan yksilöiden menestyksestä. Lähinnä materiaalisessa menestyksessä, jota on helpointa mitata rahassa.

No, rahaa tietysti tarvitaan, mutta mihin ?

Ihminen unohtuu kun tärkeimmäksi tulee sijoitusvoitto.

Tällaista maailmaako haluamme?

Kuten tuossa aiemmin totesin, tarvehierarkian alimmalla tasolla ovat ns. perustarpeet. Niiden pitäisi toteutua yhteiskunnassa silloinkin kun yksilö sairastuu tai muuten joutuu tulonsiirtojen varaan.

Tavallaan jo se, että niin suuri osa kansasta elää tulonsiirtojen varassa on osoitus valitsemamme talousopin rajallisuudesta. Jos järjestelmä rakennetaan kilpailulle, voittajat ovat hallitsijoina vähemmistönä ja muut alistettuja.

Edellisen laman aikaan 1990-luvulla pankkeja tuettiin, mutta silti maahan tuli yhtäkkiä puoli miljoonaa työtöntä ja yrityksiä meni konkurssiin ennennäkemättömällä vauhdilla.

Silti puhuttiin kilpailukyvystä sen sijaan, että olisi otettu tavoitteeksi ihmisten mahdollisuudet itse rakentaa elämänsä kestävälle pohjalle.

Nokia oli ihmeellinen poikkeus Suomen yrityshistoriassa. Sen nousu perustui paljolti team spiritiin ja henkilökunnan kannustavaan johtamiseen. Niinpä Nokiasta tulikin markkinajohtaja ja uuden teknologian suunnannäyttäjä.

Tätä kesti kunnes kilpailu koventui.

Ikään kuin Jaska Jokusessa: "Hetken aikaa olimme jo voittajia. Sitten peli alkoi".

En ole talouden asiantuntija, mutta sellainen olo tuli, että mopo karkasi käsistä ja palattiin auktoriteettijohtamiseen. Tiimiajattelu vaihtui bisneslähtöiseen tehokkuusajatteluun.

Sitä ajatussuuntaa yritetään jälleen. Ihmisten tukemista oman elämänsä hallitsemiseen ei löydy kuin korulauseista. Mahdollisuuksia osallisuuteen yhteiskunnan kehittämiseen ei oikein löydy silloin kun näköalat ovat sellaiset, että vain voittajat huomioidaan.

Niinpä monet putoavat.

Ja ratkaisu ei ole todellakaan Prozac-yhteiskunta.

Lääkkeet lievittävät oireita, mutta eivät yksin paranna yksilöitä ja yhteiskuntaa.

Lääketehtailla on tietenkin tässäkin oma näkökulmansa ja kohteliaana totean senkin tässä ilman kommenttia...

Kilpailuyhteiskunta tuottaa voittajia ja häviäjiä. Voittajat tietysti nauttivat siitä, että voivat paukutella henkseleitään. Marginaaliin jääneille taas näkökulma on erilainen. Kun sitten vielä heitä syyllistetään yrityksen puutteesta ja jopa järjestelmän hyväksikäytöstä, onko sitten ihme, että niin moni kokee itsensä nujerretuksi. LOL.

Yhdysvaltain Perustuslaissa on kirjattu ihmisten oikeus onnen tavoitteluun. Meillä sellaista pykälää ei ole. Ainakin vielä silti puhutaan perusoikeuksista. Niihin kuuluu oikeus kohtuulliseen elämiseen ja terveydenhoitoon.

Aikaisemmin sosiaalitointa hoiti kunnan tai kaupungin sosiaalitoimisto. Toimeentulotuki on peräisin niiltä ajoilta. Aikaisemmin sitä tarjottiin periaatteessa tilapäiseen ahdinkoon joutuneille, jolloin siinä oli myös ns. harkinnanvarainen osio. Harkinnanvaraista toimeentulotukea saattoi saada erityisen hankalassa elämäntilanteessa, jotta pääsisi jaloilleen uudelleen. Tukeen sisältyi myös usein palveluunohjausta sekä taloudellista neuvontaa.

Kun toimeentulotuki siirrettiin Kelalle, tuli siitä rahasumma, joka jaetaan tiettyjen kriteerien täyttyessä. Olet joko oikeutettu siihen tai sitten ei.

Tämä oli merkittävä muutos.

Tavallaan silloin kun tällainen päätös tehtiin, myönnettiin jo, että yhteiskunta ei pysty takaamaan kaikille täyttä osallisuutta sen kehittämiseen. Jo edellisen laman aikoihin puolen miljoonan ihmisen joutuminen työttömyyden kautta tulonsiirtojen varaan oli eräänlainen alistuminen sille, että yhteiskunnassa on tapahtunut jako osallisiin ja osattomiin.

Rahallisesti tulonsiirrot tietenkin mahdollistavat jollain lailla ihmisten elämän jatkumisen – vaikkakin minimitasolla useimmiten. Yleinen ilmapiiri tuomitsee tukien ylikäytön ja siitä on tehty sittemmin rangaistavaa. Alikäyttö on kuitenkin ehkä vielä yleisempää, sillä moni kokee nöyryyttävänä sosiaalitukiin turvautumisen noin ylimalkaankin.

Tämän päivän trendi on leikata näistä tuista, jotka ovat aika tiukasti määriteltyjä muutenkin.

Miten tämän kokee marginaaliin joutunut ihminen, jonka voimat saattavat muutenkin olla jo äärirajoilla?

Uskon, että jokainen meistä haluaisi kokea olevansa arvostettu ja täysivaltainen kansalainen. Suurin osa kansasta myös noudattaa lakeja, jotka on säädetty meidän turvallisuuttamme silmällä pitäen.

Entä sitten silloin kun ahdinkoon joutunut ihminen kokee lakien olevan häntä vastaan? Kun yhteiskunta koetaan vieraana ja alistavana sen sijaan, että se kannustaisi toimimaan yhteisen hyvän puolesta.

Viime sodan jälkeen Suomessa vallitsi pitkään yhteishenki ja maata rakennettiin positiivisella asenteella. Asiaa auttoi tietysti myös yleismaailmallinen optimismi taloudellisen kasvun jatkuvuuteen. Moni saattoi rakentaa tulevaisuuttaan uskoon, että huominen on eilistä parempi.

Tietenkin silloinkin oli välistävetäjiä, joita kutsuttiin keinottelijoiksi, mutta rehellisyyttä arvostettiin ja noita puliveivareita paheksuttiin.

Miten on nyt?

Jokaisella lienee siihen oma vastauksensa, joten en johdattele keskustelua tämän enempää.

Ihmisen mielen terveys rakentuu turvalliselle elinympäristölle ja sille, että hänen elämänsä ei ole uhattuna mielivaltaisesti. Asumme edelleen eräässä maailman rauhallisimmassa maassa. Väkivalta on tietysti ongelma maassamme yhä vaikka lainsäädäntö on määritellyt lähisuhdeväkivallankin rangaistavaksi. Lait eivät kuitenkaan yksin riitä.

Aivan kuten 1980-luvun tv-sarjan junttisankari Sledge Hammer totesi: "Aseet eivät tapa vaan ihmiset".

Väkivaltaa on tutkittu ja sen syitä eritelty. Kuitenkin yhä vielä on vallalla hyvin mustavalkoinen ajattelu, että on hyviä ihmisiä ja pahoja ihmisiä. Pahoja ihmisiä saa räjäytellä pommeilla ainakin elokuvien mukaan.

Poistuuko Paha maailmasta niin? Enpä usko, mutta tarkoitus onkin saada ihmiset uskomaan, että "ne muut" ovat pahoja ja joutavatkin tuhoutua kun meidän porukka pistää ne ruotuun.

Armeijassa puhuttiin sakinhivutuksesta, jos joku ei toiminut määriteltyjen normien mukaan. Simputus kuulemma on nykyisin enemmän tuomittavaa kuin omalla ajallani, mutta yhdenmukaistamisen nimissä tehdään vieläkin aika paljon asioita, joita voisi pitää koko lailla hirvittävänä.

Tottelevaisuutta tutkinut Stanley Milgram mm. huomasi, että yli 60 prosenttia meistä on valmis toimimaan vastoin omantuntonsa ääntä, jos komentaja on riittävän karismaattinen.

Tämä asettaa uuteen valoon ihmisten pahuuden ja hyvyyden.

Olosuhteet voivat tehdä meistä hirviöitä.
Tai tietenkin myös enkeleitä.

Kaikki ei siis ole aina niin kuin valtamedia haluaa meidän uskovan.

Kuitenkin jokainen toimii oman omaksumansa moraalikoodiston mukaan.

Usein vielä tämä moraalikoodisto saattaa saada ihan omanlaisiaan muotoja alkoholin tai huumeiden vaikutuksesta.

"It's a jungle out there", sanoi Adrian Monk...

Kun lähimmäisemme mielenterveys horjuu, olisi kaikkien etu löytää apua ja tukea. Pelkällä rahalla ja lääkityksellä ei asioita hoideta vaan tarvitaan ymmärrys siitä, että jokainen ketju on juuri niin vahva kuin sen heikoin lenkki.

Se, että arroganssista ja ihmisten pilkkaamisesta on tullut valtavirtaa ei auta ketään. Ei edes niitä, jotka kuvittelevat moralisoimalla osoittavansa paremmuutensa. Tosiasiassa juuri näin he osoittavat mitättömyytensä ja elämänarvojensa ohuuden.

Kaikki me katselemme tätä maailmaa omien kokemustemme ja näkemystemme suodattimien kautta. Näemme kukin vain oman sektorimme kokoisen alueen. Ja tapaamme muutenkin korkeintaan muutaman kymmenen tuhannen ihmisen määrän lajikumppaneitamme.

Mielenterveysongelmien kasvu on ongelma, joka pitäisi ottaa vakavasti tässä rahaa ainoana arvona pitävässä yhteiskunnassa.
Tämä on minun mielipiteeni.

Tietenkin on tärkeää turvata maamme talous. En vain parhaimmalla tahdollanikaan ymmärrä, mikä viisaus sisältyy siihen, että osattomilta otetaan ja ennestäänkin hyväosaisia kosiskellaan verohelpotuksilla.

Jokainen näkee sen mihin uskoo.

Jokaisessa työssä on tärkeää, että käytössä on oikeat työkalut.

Kolmen konstin timpermannille riittää saha, kirves ja rotevat kädet niin homma sujuu halki-poikki-pinoon menetelmällä.

Jos sen sijaan yhteiskunnallisella päättäjällä on käytössään vain leikkaussakset, tuloksena on pelkkää hyödytöntä silppua.

Yhteiskunnallisesti asioiden toimivuuden kannalta on myös tärkeää, että oikeat ihmiset valitaan hoitamaan tehtäviä, jotka ovat merkityksellisiä kaikille. Ei vain omalle eturyhmälle tai tikkaremmille.

Mieli voi hyvin kun keho saa ravintoa ja ihmisarvo ei ole kyseenalaistettuna.

Olisi hyvä, jos vielä soisimme ihmisarvon muillekin.

Mielenterveyspotilaat siivottiin entisaikaan pois näkyvistä laitoksiin, joista puhuttiin hullujenhuoneina.

Nykyisin ollaan vähän sivistyneempiä ja mielenterveysongelmista voi jo puhua tyyliin "minäkin olen käynyt terapiassa". Ei ole häpeä hakeutua terapiaan kuten entisaikoina.

Nykyisin ongelma on enemmänkin se, että hoitoihin pääsy voi olla vaikeata. Siis julkisella puolella. Yksityisellä puolella voi rahalla onnistua saamaan hyvääkin terapiaa.

Monen kerroksen väkeä nykyisin jo meilläkin.

Ihminen on kokonaisuus. Mielen ja kehon yhteys on tärkeä. Fyysinen kunto vaikuttaa myös mielen terveyteen ja päinvastoin.

Tien valinta määrittää elämämämme suunnan

XV

Tasapaino

Terve sielu terveessä ruumiissa on vanha sanonta. Rooman vallan ajoilta.

Kun puhutaan haluista, täytyy muistaa, että elämää on myös sen jälkeen kun olemme saaneet haluamamme.

Työn, ruokailun ja levon tasapaino oli jo alkuyhteiskunnissa olennaista. Orjiakaan ei päästetty kuihtumaan. Ei ainakaan niissä paikoissa, joissa orjista joutui maksamaan.

Ei siitä muuten niin kamalan kauan ole kun meilläkin orpolapsia myytiin huutolaisiksi.

Oma historiammekaan ei ole niin kovin ylevää kun sitä tarkastelee objektiivisesti.

Verinen sisällissota ja silleen...

No, mutta asiaan.

Kuten jo aikaisemmin kerroin, Mika Waltari huomasi Sinuhen kirjoitettuaan, että sitä ei seurannutkaan lopullinen autuuden tila vaan jopa tyhjyyden tunne.

Tavoittelemme itse kukin erilaisia asioita elämässämme. Loppututkintoa, parempaa palkkaa, korkeampaa asemaa, sopivampaa kumppania.

Niin, ja tietenkin lisää rahaa...

Jatkuvuus...

Työelämässä elämme eräänlaisessa oravanpyörässä, joka saa meidät toimimaan. Ei sitä kai juuri useimmiten ajattelekaan, että sähköjänis juoksuttaa meitä.

Tietysti asuntolaina täytyy maksaa tai vuokra. Myös ruoka maksaa (aina vain enemmän nykyisin) ja lapsetkin tarvitsevat kaikenlaista. Lepokitka siis täytyy voittaa päivittäin ellei sitten ole oblomovilaisittain päätynyt joutilaaksi koroillaaneläjäksi. No, silloinkin on hyvä keksiä jotain toimintaa.

Onneksemme mainostoimistot ovat kehittäneet meille valmiita malleja ihan elämänfilosofioita myöten. Olisin aika ilkeä, jos väittäisin, että moni ostaa elämänfilosofiankin...

En siis sano niin, sillä emmehän me nyt niin johdateltavia ole. Emmehän...

Olisi onnellista, jos voisimme määritellä itse, millaisen elämän haluamme. Täysin se ei ole mahdollista, mutta tarpeiden suhteen voimme olla itsenäisiä, jos ympäristömme ei liikaa vaikuta.

Perustarpeet tietenkin täytyy hoitaa. Nälissään tai janoisena ei oikein suju mikään. Myöskään ilman asuntoa ei ole helppoa suunnitella elämäänsä eteenpäin.

Sen sijaan uuden auton hankinta tai ulkomaanmatka ovat jo tarpeita, jotka voi määritellä valinnaisiksi. Monelle ne ovatkin vain kauniita unelmia.

Unelmat ovat kauniita. Ei niitäkään pidä vähätellä. Ehkä parasta olisi toimia mahdollisten unelmien toteuttamisessa.

Sen sijaan haahuilu suunnattomien rikkauksien haaveilemisessa voi tehdä meistä katkeria ja negatiivisia.

"Jos edes joku joskus jotain, mutta kun ei kukaan koskaan mitään..."

Tällaista on hyvä välttää.

Jos tuntuu siltä, että elämä olisi parempaa, jos olisi ompelukone tai porakone, on hyvin realistista olettaa, että elämä tarjoaa mahdollisuuksia kunhan löytyy rahat näiden hankkimiseen. Käytetty tai uusi? Tilanteen mukaan...

Uskon, että on mahdollista määritellä sellainen tulotaso tai rahasumma, joka voi taata henkisesti rikkaan elämän omien mieltymysten mukaan. Jokaisella se on kuitenkin omanlaisensa ja meillä määritelty toimeentulotuki ei ihan huolettomaan elämään riitä.

Minun mielestäni hyvä elämä muodostuu realistisista toiveista ja toiminnasta niiden saavuttamiseksi.

Äärimmäinen esimerkki voisi olla sedän matka kaivolle.

Tämä setä ei ole sama, josta kertoi edesmennyt Juhani Peltonen, vaikka ilmaisu onkin inspiroinut. Juhani Peltonen oli faktan ja fabulan mestarillinen sekoittaja, jonka koskettavat tarinat etsivät yhä vertaistaan suomalaisessa kirjallisuudessa.

Tämä ei myöskään ole se setämies, jolle kaikki erilainen on taisteluhaaste...

No, tämä setä siis lähtee joka aamu viiden kilometrin päässä olevalle kaivolle hakemaan vettä kahdella ämpärillä.

Kotiin tultuaan hän lämmittää hellalla ensin pesuveden ja sitten keittoveden sopan valmistamiseen. Kuorii perunat ja pilkkoo sipulin. Sitten keittovettä vihannesten ja kastikeaineksien tekoon. Vielä pannulle possunlihaa ja sitten eikun syömään...

Iltapäivällä kaapista kahvia ja ehkäpä vielä itse leivottua pullaa tai leipää (mieluummin leipää).

Sedän päivä menee näissä touhuissa ja illan tullen hän onkin jo väsynyt kun on tietysti hakannut lämmityspuut ja tehnyt muut kotityöt.

Aika menee päivittäisissä askareissa ja yön hän nukkuukin mukavasti mökissään luonnon keskellä.

Kuka voi väittää, että hän ei olisi onnellinen jos on itse valinnut tämän elämäntavan?

Toista ääripäätä voisi taas edustaa Elon Musk, joka kuulemma kuitenkin myös työskentelee jatkuvasti

Hiljattain luin, että hänelle sattui vähän hassusti. Jotain 40 miljardin verran suli omaisuudesta.

Hupsista keikkaa.

Ei sekään Elonin hymyä himmentänyt kovin paljon. Vielä jäi koko lailla kohtuullisesti käyttö- ja sijoitusvarallisuutta.

Kaikki on suhteellista.

Kohtuullisesti. Monelle se on riittävä perusta onnelliselle elämälle.

Ja onko elämän oltava yhtä onnen hekumaa 24/7 ?

Sopivasti haasteita on ainakin minun mielestäni hyvä.

Lisäksi hyvään elämään kuuluu kyky nauttia luonnosta ja uusien asioiden oppimisesta.

Tämä siis on minun näkemykseni ja kokemukseni.

Setäkin saattaisi nauttia illan ratoksi hyvästä kirjasta ja Elon Musk taas...hmmm, ehkä läppärillä taseiden selaamisesta.

Mikä saa sinut onnelliseksi elämässä?

Minkä asian haluaisit muuttaa?

Olisiko se mahdollista?

No, mitä aikailet?

Lähde liikkeelle.

Me olemme täällä vain käymäseltään.

Mutta tietysti sinäkin voit istahtaa lempituoliisi lukemaan jotain hyvää kirjaa.

Sellainen voisi olla vaikka hollantilaisen Rutger Bregmanin "Hyvän historia" vuodelta 2019.

Bregman kuvaa vaihtoehtoista tapaa suhtautua maailmaan.

Entäpä jos Hyvä olisikin maailmassa voitolla ja ihmiset toimisivat yhdessä?

Bregmanin mukaan ihmisissä on perimmältään halu yhteistoimintaan ja hyvän jakamiseen. Niinistökin puhui "tolkun ihmisistä", mutta se on vähän eri juttu, koska siinä oli kyse tottelevaisuudesta.

Bregman toteaa, että suurin osa meistä on ns. kunnon väkeä ja parhaiten viihtyy yhteistyöhön perustuvassa maailmassa. Olen samaa mieltä, mutta myös ihmisten sopeutuvaisuus voi johtaa siihen, että tottelevaisuuden nimissä ajaudumme jopa hirmutekoihin edes sitä itse huomaamatta. Tottelemme auktoriteetteja, koska emme itse uskalla lähteä puolustamaan näkemyksiämme, jos ne jotenkin poikkeavat valtavirrasta.

Meille on opetettu, että maailma on armoton ja Paha vaanii aina kaikkialla.

Eros ja Thanatos taistelemassa elintilasta tajunnassamme.

Kumpi voittaa?

Useimmille ihmisille tarpeeksi on hyvä elämän standardi. Sopivasti kaikkea tarpeellista. Kuitenkin ihmismieli haikailee aina jotain uutta ja erilaista.

Johtuuko se siitä, että säätelyjärjestelmämme toimii huonosti vai siitä, että olemme jonkun "kuolemansynnin" vallassa? Ahneuden? Kyltymättömyyden?

Edellä mainitsin kokemukseni mäkkäriruoasta. Parikymmentä minuuttia bigmac aterian jälkeen olin jälleen nälkäinen.

Oliko siis kyse vain mieliteosta vai ravituksi tulemisesta?

Nykyisin on toki jo saatavilla monenlaisia ateriavaihtoehtoja, joten tyytyminen pikaruokaan ei ole ainoa vaihtoehto. Suomessa se ei ole välttämättä edes edullinenkaan. Hyvä tapa säästää ruokakuluissa on myös valmistaa itse ateriansa niistä aineksista, joista itse pitää.

Suomi on ruokakulttuurin suhteen aika nuori valtio. Lisäksi perheen yhteiset ateriat eivät kaikilla toteudu jo hektisen elämäntyylin vuoksikaan. Siksi usein helppo ratkaisu on joko einesruoka tai tilattu pizza mäkkäriruoan ohella.

Silloin ei kuitenkaan toteudu se yhteiseen ateriointiin kuuluva joskus rituaalinomainenkin ruoanvalmistus yhdessä. Itse pidän sellaisesta. Pikaruoka lihottaa sitäpaitsi.

Mutta tämä – jälleen – on vain minun näkemykseni ja mielipiteeni.

Jos joku väittää, että ei koskaan ole syyllistynyt johonkin seitsemästä mainitsemastani "synnistä", väitän, että hän syyllistyy epärehellisyyteen, jonka voisi lisätä listaan hyvistä syistä.

Valkoisia valheita meistä laskettelevat useimmat tilanteissa, joissa ne tarjoavat keinon päästä hankalasta tilanteesta. Vakavampaa on, jos perustaa koko elämänsä valheelle tai itsepetokselle.

Näin voi käydä esimerkiksi poliitikolle, joka huomaa, ettei voikaan toimia niin kuin on luvannut, sillä valta on hyvin usein ehdollista. Niin sen tietysti täytyy ollakin, sillä olennaista on, ettei sitä anneta kenellekään mielivaltaisesti käytettäväksi.

Tätäkin kyllä tapahtuu.

Politiikka kuitenkin on – tai sen pitäisi olla – yhteisten asioiden hoitamista. Näin ollen tärkeintä olisi, että mahdollisimman monen etu tulee huomioiduksi poliittisissa päätöksissä.

Jokainen voi itse tykönään miettiä, toimiiko tämä käytännössä.

Yleisempää lienee, että oma eturyhmä sanelee päätökset ja todellinen valta onkin muualla kuin edustajilla. Tätä väitettä en sen enempää käy perustelemaan, koska se vaatisi ihan oman fooruminsa. Voit hyvin olla eri mieltä kanssani, jos koet toisin.

Tarkoitukseni kuitenkin on sanoa, että aina kulloinkin noudatettava politiikka perustuu joidenkin eturyhmien valtaan.

Onko vallassa oikeisto vai vasemmisto?

Suvaitsevaisto vai ankeuttajat?

Miehet vai naiset?

Joka tapauksessa Paavon päätelmä pitää. Asiat menevät niin kuin ne ajetaan.

Myös niistä tiedottaminen kuuluu vallankäyttöön.

Ennen vanhaan mediaa pidettiin vallan vahtikoirana, jonka tehtävänä oli toimia vastapainona ja vartijana poliittiselle eliitille sekä kertoa kansalle, mitä oikeasti tapahtuu valtakunnassa.

Jokainen voi omasta havaintopisteestään itse havaita, tapahtuuko näin myös tämän paivän Suomessa...

Kiinalaisessa filosofiassa maailmankaikkeuden kaksi toisiaan täydentävää perusvoimaa kuvataan mustavalkoisella kuviolla, ,jossa esiintyvät yin ja yang.

Yksinkertaistaen ilmaistuna yin symboloi mm. feminiinisyyttä ja yang maskuliinisuutta.

Kahden perusvoiman tasapaino luo kehityksen, jossa osaset täydentävät toisiaan.

Ihmisen keksintöä taas on kilpailu, jossa on voittajia ja häviäjiä.

Lapsuuteni aikaan meillä oli tapana kaverini kanssa kilpailla vähän kaikessa. Urheilulajeja kokeilimme monia. Vain moukarinheitto jäi kokeilematta vanhempiemme vastustuksen vuoksi.

Koska olimme suhteellisen tasavahvoja, oli pelin henki reipas ja reilu. Silloin Suomi oli urheilumaa, jolta löytyi hyviä edustajia moniin lajeihin.

Seurasin tietenkin myös monia lajeja televisiosta ja kävinpä kilpailuissakin. (Miklos Nemethiä en siis koskaan tavannut...)

Teini-iässä kuitenkin urheilu omana harrastuksena alkoi väistyä muiden aktiviteettien tieltä.
Tulivat tytöt mieleen. Harmillista kylläkin siitä seurasi, että olimme yhdessä vaiheessa kaverini kanssa kiinnostuneita samasta tytöstä. No, täytyy myöntää, että pientä tönimistäkin yhdessä vaiheessa tuli...

Muuten kuitenkin elimme sopuisasti. Tuokin episodi oli ainutkertainen ja sovittiin pian.

Jossain vaiheessa laskin, että elämäni alku osuu Helsingin olympialaisiin kesällä 1952. En sitten kuitenkaan koskaan tullut asiaa tarkemmin kysyneeksi, vaikka asia kiinnostikin.

Urheilu kiinnosti nuorena ja tietenkin musiikkikin, jossa kuitenkin enemmän oma maku johdatti kuin hittimittarit.

Kaikki me olemme tavallaan uniikkeja – ainutlaatuisia- elämänrakentajia. Minusta ainakin on kiintoisaa kuunnella monenlaisia tarinoita ja elämänkokemuksia. Lukittautuminen johonkin tiettyyn fundamentaaliseen näkemykseen ei ole ollut minun juttuni vaikka tietysti uskonkin enemmän oikeudenmukaisuuteen kuin ihmisten alistamisen autuuteen.

Olikohan se Groucho Marx, joka sanoi, ettei halua liittyä mihinkään yhdistykseen, joka haluaa hänet jäsenekseen...

Ihan näin vakaumuksellinen (vakaumukseton?) en ole, mutta olen kyllä usein pettynyt lupauksiin ja visioihin, joiden takaa löytyykin jotain ihan muuta.

"Audiatur et altera pars" – kuultakoon toistakin osapuolta – on hyvä periaate minusta maailman ymmärtämisessä.

Ymmärtäminenhän on tärkeätä ennen kuin löytää itsensä pommi kädessään maailmassa, joka ei ole ihan aina sitä, miltä sen halutaan näyttävän.

Vuorovaikutus ja erilaisiin ihmisiin tutustuminen ovat minusta elämän rikkautta.

Lineaarinen omaisuuden haaliminen ei ole minun juttuni. Nytkin tätä kirjoittaessani kokoan kassiin kierrätykseen menevää tarpeetonta tavaraa.

Haa, olen siis kuitenkin koonnut tavaraa ympärilleni. No, näin päässyt käymään. Pyrin kuitenkin yksinkertaisuuteen ja kestävän kehityksen ajatus on mielessäni jo siksikin, että maapallo ei kestä jatkuvaa kulutukseen monotoonisesti keskittynyttä elämäntapaa.

Minut pysäytti vuonna 1972 kadulla haastattelija (taisi olla Turussa), joka kysyi, mitä mieltä olen taloudellisesta kasvusta.

Vastasin, että maapallo ei kestä yletöntä materialistista kulutusta vaan kehityksen pitäisi tapahtua inhimillisellä ja luontoon arvostavasti keskittyneellä puolella.

Vastaisin suunnilleen samoin tänäänkin.

Silloin oli juuri ilmestynyt Rooman Klubin julkaisema Kasvun Rajat-raportti, jonka sisältö oli aika kriittinen materialismia ja energiankäyttöä vastaan.

Sitten tuli ensimmäinen energiakriisi ja muut kasvun rajoista muistuttajat.

Tuli myös myöhemmin Milton Friedmanin Neoliberalismi, joka julisti vapauttavaa ilosanomaa ahneuden autuaaksitekevästä voimasta.

Tämän kehityksen tulosta olemme todistamassa tänäänkin.

On jotenkin valitettavaa, että monista vakavista maailman ongelmista tulee jumittuneita tilanteita, joissa ääripäät yrittävät teilata toisensa.

Huonostihan siinä käy.

On kyllä solmittu monia sopimuksia ilmaston ja luonnon pelastamiseksi tuholta, mutta monia lajeja on kuollut sukupuuttoon ja luonto on pitkälti muuttunut alfalttierämaaksi ihmisen toiminnan vuoksi.

Alkutilaan ei oikein näytä olevan paluuta. Miljardeille ihmisille planeettamme voisi silti edelleen tarjota elämän edellytyksiä, jos löytyisi yhteistahtoa siitä, että kasvu voi tapahtua myös laadullisesti ja luontoa arvostaen. Yhdessä.

Mitään vallankumousta ei sinänsä tarvita vaan ajattelun suuntauksen muutos.

Paljon toivoa ei ole jos vapaudella ymmärretään mahdollisuutta tilata roskaruokaa kotiin kuljetettuna ja mahdollisuutta väittelyissä nuijia eri lailla ajatteleva kumoon edes yrittämättä ymmärtää hänen näkökulmaansa.

Näitä näkökulmia on siis yli 8 miljardia. Ei vain kahta vastakkaista.

Oikeanlainen kilpailu toki myös voi olla kannustavaa. Ihmisten eriarvoistaminen sen sijaan luo vain turhia jännitteitä ja seurauksena on tila, jossa kenenkään ei ole hyvä elää.

Näin minä ajattelen.

Tietenkin voit ajatella, että heikot sortuu elon tiellä, mutta myös sinä voit olla se heikko joskus.

Ehkä maailman suurin vitsaus on rajoittamaton valta, joka vetää puoleensa niitä, joille se ehdottomasti ei sovi.

Tämän vuoksi en usko, että yksinapainen maailma olisi hyvä tai edes mahdollinen.

Francis Fukuyama halusi uskoa oikeudenmukaiseen maailmaan tietysti, mutta rajaton valta ihmisten tai imperiumien käsissä jo sinänsä antaa mahdollisuuden mielivaltaiseen alistamiseen.

Suomen kielen sana vallankumous muuten on ilmaisuna aika mielenkiintoinen.

Vallan kumous? Voiko valtaa kumota? Yleensä se vain vaihtaa omistajaansa.

Ihannetapauksissa parempaan suuntaan katsoen. Sitähän me kaikki toivomme?

Kaunis ajatus, joka ikävä kyllä ei aina toteudu.

Tietysti riippuen siitä, kenen etuja valta palvelee. Eliitillä on aina valtiosta riippumatta vahvemmat edunvalvojat kuin varsinaisella kansalla. Siis ihmisten enemmistöllä.

Voi kuulostaa aika kyyniseltä, mutta siltä näyttää kun lähtee ulos kokemaan elämää ja sen eri ilmiöitä.

Kotona voikin olla kivaa. Jos on sellaisen itselleen löytänyt.

Tasapainon voi saavuttaa kotona kun pääsee rentoutumaan hektisen maailman odotuksista ja vaatimuksista

Maailma kuitenkin elää joka hetki ja vain liike on pysyvää. Niinpä imperiumitkin tulevat ja menevät. Ehkä kärjistetysti sanottuna voisi kuvata, että atomit vain vaihtavat järjestystään. Tämän päivän voitetut voivat olla huomispäivän voittajia.
Ja silti maailmankaikkeus jatkaa sykettään kuten on tehnyt aikojen alusta lähtien.

Mikä on merkityksellistä sitten kaikessa?

Ehkä oleellisinta on hyväksyä ne asiat, joita ei voi muuttaa. Muuttaa ne asiat, jotka voi. Ja löytää viisaus tähän kaikkeen. Aivan kuten Fransiskus Assisilaisen rukouksessa.

Itseäsi isommaksi et voi kasvaa ja vähempään ei toisaalta pitäisi tyytyä.

Elämän tasapainokin on liikkeessä.
Se syntyy toiminnasta.

Yin/yang
Which one won?
If it wasn't win-win
Then it was none

XVI

Elämän arvot

Voin sanoa olleeni aika onnekas, että olen voinut elää monella vuosikymmenellä ja näin saanut perspektiiviä asioiden ymmärtämiseen.

Nuorena tietysti kokee asiat ehdottomasti ja luultavasti elämäni keväässä koinkin monet asiat hyvin mustavalkoisesti.

Työn ja pääoman ristiriita ei ole kuitenkaan muuttunut edes neoliberalismin aatteen vapautettua ihmisen ahnehtimaan itselleen kaikenlaista. Edelleen merkityksellistä on, kuka omistaa tuotantovälineet, median ja varsinkin rahalaitokset.

Jos ennen kutsuttiin keinottelijoiksi niitä, jotka spekuloivat sijoituksilla voittoja itselleen, nykyisin heitä pidetään jopa sankareina ja ihailtuina. No, ainakin kadehdittuina, joten appiukon määritelmä pätee hyvin.

Ihan rehellisesti sanottuna en kadehdi ihmisiä, joiden koko maailma pyörii rahasummien maailmassa. Jos joku saa enemmän, se on aina joltain toiselta pois

Äärimmillään se voi johtaa siihen, että 8 miljardia ihmistä tekee tulosta 8lle ahneimmalle.

Elämänarvona ahneus voi parhaimmillaankin olla vain moottori, joka saa meidät toimintaan sen sijaan, että vain lötköttäisimme sohvalla tylsänä seuraamassa samoina toistuvia halpoja tv-sarjoja. Ei sellainenkaan elämä kovin ihanteellista ole.

Jokin elämänarvo meillä kuitenkin täytyy olla, jotta voimme rakentaa elämäämme.

Ajopuunakin voi tietenkin elämänsä viettää. En minä tässä nyt rupea mitään sedällisiä ohjeita antamaan. Ohjeet sitä paitsi ovat yleensä henkilökohtaisia. Toisen elämään puuttuminen voi johtaa myös ojasta allikkoon. Autettava kun ajautuu helposti auttajansa armoille.

Tämän vuoksi alussa mainitsemani mafiapomokin kysyi, mitä sinä haluat kun sen kautta saattoi löytää keinoja käyttää hyväkseen toista.

Maailma on hyvin monisyinen ja ristiriitainenkin. Jos on liian luottavainen, tulee helposti huijatuksi. Jos taas ei pysty luottamaan keneenkään, jää yksin.

Jotenkin kuitenkin samanlaiset energiat vetävät puoleensa ja jo pelkästään kommunikoinnin tasolla samanlaiset elämänarvot helpottavat yhteistoimintaa.

Yhdessä me kuitenkin olemme tästä planeetasta vastuussa.

Ei se naapurin Jarkko ole meidän elämäämme helvetiksi rakentanut, vaikka joskus tuntuukin, että juuri joku tai jotkut ovat tämän maailman pahuuden lähteitä.

Ja jos Jarkko olisikin ilkeä ja pahansuopa meitä kohtaan, voimme olla vähemmän hänen kanssaan tekemisissä.

Ehkä toisen suunnan naapurilla Pekalla voisikin olla paremmat energiat.

Olen eläkkeelle siirryttyäni alkanut toimia rikos- ja riita-asioiden vapaaehtoissovittelijana ja kohdannut monenlaisia tilanteita, joissa ihmiset ovat ajautuneet ristiriitoihin keskenään. Pyrimme löytämään ratkaisuja, joiden avulla mahdollistuisi ensin kohtaaminen ja sen jälkeen vielä sopimus siitä, millä ehdoilla elämä voisi jatkua jotensakin siedettävällä tavalla molemmilla osapuolilla.

Puhumme restoratiivisesta eli korjaavasta ajattelutavasta. On aina jotenkin hieno tunne olla osana tilannetta, jossa osapuolet löytävät sovinnollisen tien vuosiakin jatkuneen vihanpidon jälkeen.

Kyllä se lämmittää mieltä kun päästään samalle energialle, vaikka me olemmekin vain todistajia ja tietenkin puolueettomia sellaisia.
Olennaista sovittelussa on myös luottamuksellisuus, joka helpottaa asioista avautumisia.

Ihmisten ongelmat ovatkin pääosin kohtaanto-ongelmia. Tämä kummallinen suomenkielinen sanonta pitää sisällään muutakin kuin vain fyysisen kohtaamisen.

Varsinkin silloin, jos osapuolten elämänkatsomukset ja näkemykset poikkeavat toisistaan, voi sovittelusopimus rikastaa molempien osapuolten elämää. Näin uskon.

Elämänkatsomuksemme ja näkemyksemme maailmasta poikkeavat jo erilaisten lähtökohtiemme vuoksi, mutta myös elämänarvot voivat olla vahvasti muodostuneet jo perimässä. Arvostelemme muita omien mittapuiden mukaan. Ei välttämättä sen mukaan, mitä he oikeasti edustavat tai millaisia he ovat.

Kun sitten vielä uskomuksemme ovat hyvin tiukassa ja näkemyksemme mustavalkoisia tyyliin hyvä/paha, jää meiltä näkemättä monia asioita muista ihmisistä. Näin ollen myös elämämme voi köyhtyä siten, että elämme vain yhden vaihtoehdon elämää.

No, eihän siinä mitään, jos näin emme vahingoita ketään. Usein vain käy niin, että kun kohtaamme eri lailla ajattelevan henkilön, kohtaammekin ensisijaisesti omat ennakkoluulomme hänestä.

Tämä tapahtuu vielä hyvin paljon tiedostamattomalla tasolla, mutta myös ihan tietoisesti.

"Tuo mies on todella huonosti pukeutunut. Saviset saappaat ja huono ryhti", saatamme sanoa vaikkapa Charlesista, joka juuri taidettiin kruunata kuninkaaksi Britanniassa...

Toisaalta taas joku lipevä narsisti voi saada meidät huokaamaan ihastuksesta...

En ole siinä asemassa, että voisin sanoa muille, miten toimia. En edes voi sanoa kuin entinen pappi, joka ehdotti, että älkää tehkö niin kuin minä teen vaan niin kuin saarnaan.

Nämä ovat vain minun havaintojani elämästä.

Yhden asian kuitenkin haluan sanoa painokkaasti.

Kosto ei ole hyvä elämäntapa ja jos elämänarvona on itselle antisympaattisten ihmisten elämän kaikinpuoleinen hankaloittaminen, nautinto on puutteellinen.

Elämän arvo on sen kunnioittamisessa.

Oikeutettu kosto on ruma sana.

"Rakasta lähimmäistäsi kuin itseäsi", sanotaan raamatussa. Se ei tarkoita, että sen vastapainoksi pitäisi vihata niitä, joita ei koe lähimmäisekseen.

Olen tavannut monia ihmisiä, joista heijastuu katkeruus, viha ja kaunaisuus. Heidän levittämänsä energia voi sairastuttaa ympäristönsäkin.
Se taas sitten heijastuu takaisin ja he voivat entistäkin huonommin.

Ei sitä tietenkään itse välttämättä edes huomaa.

Hyvä energia kuten huonokin on tarttuvaa.

Elämän arvo on sen ainutkertaisuudessa. Näin sen koen, vaikka moni puhuukin uudelleen syntymisestä. Minulla on tällä kerralla kuitenkin vain tämä elämä tässä kehossa.

Näin sen koen.

En tarkoita tällä, että pitäisi vain hymyillä maailman kaikille epäkohdille (niitä kyllä löytyy etsimättäkin) vaan itselleni sopiva asenne on fokusoida asioihin, joita kykenee tekemään.

Minulle yksi tärkeä toimintamuoto on vapaaehtoistyö. Lähdin siihen oikeastaan monen sattuman kautta. Kuten moneen muuhunkin juttuun elämässäni.

Jokaisella on omat elämänarvonsa ja ne ovat tosiaan henkilökohtaisia.

XVII

Inhimillisyys

Kilpailuyhteiskunnassa tärkeintä on menestys. Talent-kisoissakin vain voittajat muistetaan.

Meille lanseerattiin tämä elämäntapa yli 30 vuotta sitten.

Ajan henki? Siltä vaikuttaa.

Voi olla, että se kannustaa joitakin yrittämään enemmän, koska ei halua olla "luuseri".

Tämän päivän voittajille hurrataan ja heitä ylistetään. Ensi vuonna kuitenkin he voivat pudota jo karsintakierroksella.

"Sic transit gloria mundi" – katoavaista on mainen kunnia – on jo vanha sanonta.

Kannattaako siis tavoitella mainetta ja kunniaa?

Matti Nykäsen kohtalo tulee helposti mieleen kun ajattelen tätä.

Huipulta alas – lähes sananmukaisesti.

Jokaista voittajaa vastaa silti suuri joukko niitä, jotka eivät menesty peleissä, joissa vielä usein menestyjät määräävät säännötkin.

En mitenkään väheksy silti oikeanlaista halua onnistua. Ei ole hyvä tehdä asioita "vähän sinne päin". Senkin olen oppinut elämässä.

Jotenkin olen oppinut arvottamaan ihmisiä sellaisella asteikolla, joka määrittelee heidän kykynsä edes jonkinlaiseen empatiaan.

Tätini – joka ei oikeastaan ollut edes verisukulaiseni – oli yksi esimerkki aidosta Sydämen Sivistyksestä. Meillä oli hienoja keskusteluja ja kun tapasin hänet parikymmentä vuotta sitten pitkän tauon jälkeen, oli kuin olisimme vain jatkaneet juttua siitä, mihin jäimme 30 vuotta aikaisemmin.

Sellaiset ihmiset jäävät mieleen.

Sen sijaan esimerkiksi Euroviisuista muistan vain hyvin harvan sävelmän. Urheilustakin muistan aika vähän nimiä vaikka ne joskus olivatkin lajiensa huippuja.

Mieleen on jäänyt Norsunluurannikon Jean Claude Ravelomanantsua Tokion 1964 kisoista siksi, että triviakisoissa ennen vanhaan arvuuteltiin esimerkiksi hänen lempinimeään.

Se oli Pablo – jos jotakuta kiinnostaa. Laji oli 100 metrin juoksu.

Kiinnostukseni urheiluun hiipui vähitellen, kuten mainitsin jo aiemmin, mutta melko lailla minimiin se supistui Lahden talven 2001 doping-kisojen jälkeen

Rehti kilpa. Nopeammin, korkeammalle, voimakkaammin. Kun sen tilalle tuli voittaminen hinnalla millä hyvänsä, se ei enää antanut minulle sitä innoitusta, minkä esimerkiksi Tapio Rautavaaran saavutukset sodanjälkeisessä Suomessa.

Se oli silloin.

Ketä sitten kiinnostavat ne, jotka eivät menestyneet?

Pablo karsiutui muuten niukasti finaalista, jos oikein muistan. Omituista ajatteluani ehkä kuvaa, että en edes tarkalleen muista ilman lähteisiin turvautumista, kuka voitti.

Bob Hayes? No, joku kuitenkin...

Voimistelunopettajallani oli tapana rohkaista meitä toteamalla, että puutteellisen taidon voi korvata sinnikkäällä yrityksellä.

Monenlaisia elämänohjeita.

On kuitenkin tärkeätä elää sovussa itsensä kanssa.

"Sen, minkä teette vähäosaisemmille, teette itsellenne..."

Armo ja inhimillisyys. Myös anteeksianto. Siinä asioita, joista ei kilpailla.
Joskus olen määritellyt rikkauden niin, että rikas on se, joka kykenee jakamaan omastaan. Itsekkyys taas köyhdyttää.

No niin. Voit olla ihan rauhassa eri mieltä tästäkin. Se on sinun asiasi ja sinun elämäsi.

"Ajatustemme inhimillisyys on terveytemme mitta", määritteli Kurt Vonnegut.

Muistaakseni mestariteoksessaan "Mestarien aamiainen eli hyvästi ikävä maanantai".

Inhimillisyys ei ole tämän päivän megatrendi. Näitä trendejähän meille markkinoivat trendsetterit ja influensserit, eikä niitä tietysti pitäisi liikaa seuratakaan, sillä niillä yleensä pyritään vain vaikuttamaan ihmisten tajuntaan ja ostohaluihin.

Yleensä ideana on hallita ja tahkota rahaa sijoittajille.

No, kuka minä olen sanomaan, että se on väärin, jos enemmistö sen hyväksyy?

On kylmiä tosiasioita ja sitten niitä lämpimiä.

Hyvät ystävät ovat lämpimiä tosiasioita. Yksikin hyvä ystävä voi jo lämmittää elämän polulla hyvin paljon

Tänä keväänä luen aika apein mielin hallituksemme agendaa, jossa empatia määritellään hyödyttömäksi. Varakkaammille veroetuja ja osattomille pelkkää kulukarsintaa.

XVIII

Rahan maaginen voima

Mitä haluamme elämältä?

Hyviä ihmissuhteita? Terveyttä? Iloa? Nautintoja?

Varmasti moni vastaa kyllä näihin, mutta olisi naiivia uskoa, että rahalla ei ole merkitystä.

Siitä on tullut monelle arvo sinänsä, sillä onhan merkitystä, onko sitä vai ei.

Mikä sitten on tarpeeksi?

On hyvin helppoa joutua rahan orjaksi jo edellä mainittujen seitsemän kuolemansynnin kautta. Raha kuitenkin määrittelee elämässämme muutenkin sitä, miten elämämme sujuu.

Toisilla sitä on huomattavasti enemmän kuin inhimillisesti katsoen voisi ajatella olevan tarpeen. Silti he haluavat aina vain lisää.

Toiset taas ovat joutuneet puille paljaille ja jopa pummiksi kadulle. Suomessa tosin on teoriassa olemassa perusturva, joka auttaa ihmistä edes alkeellisten perustarpeiden hoitamisessa.

Toimiiko se, on toinen juttu. Rahaa jaetaan taulukkojen mukaan yleeesä nykyisin sen sijaan, että perehdyttäisiin ihmisten todellisiin tilanteisiin.

Mikään järjestelmä ei voi taata reilua peliä, jos puuttuu kokonaisnäkemys.

Maailma näyttää erilaiselta lottovoittajan silmin. Todella.

Alussa mainitsemani mafiapomo voi tarjota sinulle houkuttelevaa tilaisuutta saada, mitä todella haluat. Ehtona vain on se, että suostut toimimaan hänen haluamallaan tavalla.

Toinen esimerkkini rahan vallasta on aika arkipäiväinen.

Hiljattain oli kuvaus valtavasta ihmisryntäyksestä kauppaan, jossa jaettiin ilmaisia ämpäreitä.

Jonot saattoivat olla uskomattoman pitkiä.

"Se nyt vaan on tyhmää maksaa liikaa"... niinpä.

Edellytys sille, että voimme ostaa halvalla jotain on, että sen tuotantoketju on kuristettu minimaalisilla kustannuksilla. Suomeksi se tarkoittaa, että tuottajien osuus on mahdollisimman pieni.

Tätä taustaa vasten on hyvä ymmärtää, että ilmaiset lounaatkin aina joku kustantaa tavalla tai toisella.

Näin toimii rahatalous.

Raha ei sinänsä ole hyvä tai paha. Se on vaihdon väline. Ikiaikainen. Muistaakseni jo muinaiset foinikialaiset keksivät sen.

Alkuperäinen markkinatalous perustui vaihdantaan. Voisi ajatella, että kysyntä ja tarjonta olivat pitkällä ajanjaksolla tasapainossa ja kaikki olivat tyytyväisiä.

Sitten keksittiin kapitalismi...ja feodalismi...ja neoliberalismi...

Huomattiin, että joillakin on kyky pyörittää businesta ja kerätä itselleen lisäarvoa osallistumatta tuotantoon. Sen sijaan markkinointi- ja myyntikanavat avasivat mahdollisuuksia, joita suoramyynnillä ei voinut kuvitellakaan.

Siinä historia lyhykäisesti.

Koska en ole talousasiantuntija en tässä sen enempää kehu kuin moitikaan järjestelmää, jossa elämme. Tuon vain esiin havaintojani.

Kaupankäynti on osa elämäämme. On toki niitä, jotka pystyvät elämään luontaistaloudessa, mutta valtaosa meistä tarvitsee yhteyttä ulkomaailmaan kyetäkseen tyydyttämään alkeellisimmatkin tarpeensa.

Siinä vaiheessa kun raha täyttää elämässämme arvotyhjiön, olemme jo kadottaneet jotain hyvin olennaista. Elämänarvoksi tämä ei riitä, vaikka tietty määrä rahaa tarvitaan elämän ylläpitämiseen ihmislajilla, joka ei enää omaa välitöntä suhdetta luontoon.

Paitsi ne, jotka ovat "paenneet luontoon".

Setä, jonka päivä kuluu veden hankinnassa ja ruoan valmistuksessa kotitarpeista tarvitsee silti ainakin sähköä tai puita lämmitykseen. Hella toimii sähköllä ja lamppuunkin tarvitaan energiaa.

Ihan nollatuloilla eläminen näillä leveysasteilla on koko lailla mahdotonta.

Raha pyörittää maailmaa. Se nyt vain on niin.

Se taas, että sen jakaantuminen ihmisten kesken on aina ollut epätasaista ei ole ihan helposti ratkaistava epäkohta.

Kutsun sitä epäkohdaksi, koska omaisuus ja tulotaso eivät aina ole suhteessa ihmisen omiin ponnisteluihin. Tuotannon välineiden omistus on keskittynyt. Vaikka nykyisin onkin epämuodikasta puhua Karl Marxista, ovat hänen ajatuksensa työn ja pääoman ristiriidasta yhä relevantteja. Karkeasti ottaen noin 10 prosenttia omistaa valtaosan maailman rahavirroista.

Tämä luo jännitteitä ihmisten välille vaikka nykyisin tätä ristiriitaa onkin monella tavalla hälvennetty.

Varsinkin Reaganin ja Thatcherin lanseeraama kansankapitalismi julisti aatetta, että kuka tahansa voi omilla kyvyillään nousta miljonääriluokkaan.

Talouselämällä on kuitenkin omat lakinsa, joten rikkaudet eivät tule kenelle tahansa.

”Haluatko miljonääriksi?”, kysyy yksi television suosituimmista viihdeformaateista.

Jokainen tietysti vastaa myöntävästi tullessaan kilpailemaan pääpalkinnosta. Aika harva pääsee miljoonaan asti, mutta yritystä riittää.

Miljoonan tarjoama "helppo elämä" houkuttaa varmasti.

"Kaikkihan me haluamme miljonääriksi mahdollisimman helpolla"...

Vaan kuinka moni esittää kysymyksen : entä sitten?

Mitä sitten kun olen saanut miljoonan?
Mitä haluan sen jälkeen?

No, tietysti ensin on hyvä saada se miljoona...

En halua tietenkään tässä millään lailla vähätellä sitä, että niin moni haluaa helppoa elämää, koska monen todellisuus on jotain ihan muuta.

Monen lapsen yksinhuoltajalle miljoona voisi olla valtava onnenpotku, joka korjaisi monta asiaa kertaheitolla.

Jollekin toiselle taas miljoona voisi olla vain tapa päästä eroon uhkapeliveloistaan.

Ihmisten todellisuudet voivat olla hyvin erilaisia.

Joskus voi olla jopa turmiollista saada sitä, mitä haluaa.

Kuten valta turmelee, myös raha voi turmella ihmismielen.

Mitä tällä turmelemisella sitten ymmärretäänkin, ehkä olennaisin asia on suhteellisuudentajun menetys.

Se on kuitenkin elämässä aika olennainen asia.

Voiko elämää hallita?

Jokainen, joka on yrittänyt tupakanpolton lopettamista tai diettiä tietää, miten tärkeätä on tietynlainen johdonmukaisuus ja kurinalaisuus tavoitteen saavuttamisessa. Myös motivaatio. Miten elämänlaatu paranee kun toimin oikein?

Jokainen voi huvikseen laskea, miten suuren summan tarvitsee huolettomaan elämään. Vaikkapa koko tulevan elämänsä ajaksi. Sitten laatia suunnitelman, miten tuo summan saa kokoon.

Tämä voisi olla yksi tapa hallita ja suunnitella elämäänsä.

Kuitenkin on hyvä myös miettiä, mitä tarkoittaa hyvä elämä. Onko se joutilasta ja ilman vastuuta vietettävää juhlintaa? Vai onko hyvän elämän sisältö esimerkiksi toimia yleisen hyvän puolesta? Toteuttaa itseään taiteellisesti? Matkustella ja tutustua erilaisiin kulttuureihin?

Vai onko hyvä elämä vain sitä, että löytää oikean kumppanin sitä jakamaan?

Jokaisella on omat ajatuksensa hyvästä elämästä, joten valmiita ratkaisuja ei ole ilman omaa panostusta.

Ehkä parasta olisi valita elämä, joka on itsensä näköinen eikä jäljitellä muita. Wannabe elämä voi johtaa johonkin, mitä ei enää itse hallitse.

Jos nyt sitten haluaa edes jossain määrin vaikuttaa elämäänsä. On varmasti monia, jotka mielellään ottavat elämäsi hallintaansa.

Aina he eivät ole mafiapäälliköitä. Tai ainakaan eivät heti esittele itseään sellaisena.

Rahaa tarvitaan, mutta vielä tärkeämpää on hyvä hengitysilma.

Myös itsekunnioitus on olennaista elämässä.

Ennen pitkää elämässä huomaa, miten se on eräänlainen perusarvo, jota ilman on kuin lastu laineilla.

XIX

Mielikuvat
ja todellisuus

Maailma olisikin varsin yksinkertainen ja ongelmaton, jos kaikki näkisimme sen samalla tavalla.

Näin ei kuitenkaan ole, sillä meillä on omat näkökulmamme ja arvostuksemme.

Ajatellaanpa vaikka yhtä isoa numeroa, jonka vastakkaisilla puolilla tarkkailemme sitä.

"Yhdeksän", sanoo toinen. "Kuusi", sanoo toinen.

Molemmat ovat oikeassa.

Ajatteluamme ohjaavat omaksumamme mielikuvat. Voimme laajentaa näkemyksiämme ymmärryksen kautta. Myös koulutus auttaa joskin siinäkin on se rajoite, että sekin perustuu aina johonkin näkemykseen. Yleensä kuitenkin pyrkimystä totuuteen on pidetty ideaalina.

Mielenkiintoista on, miten jo ennen kuin tapaamme jonkin henkilön, meillä voi olla hyvinkin tarkka mielikuva hänestä. Kun sitten tapaamme, yllätymme usein. Myönteisesti vai kielteisesti?

Sekin oikeastaan paljastaa ajattelumme perustan.

Elämme mielikuvamaailmassa.

Mainostajat tietävät sen. Miksi muuten meille tarjottaisiin asioita ja tavaroita kauniissa pakkauksissa. Niin, ja miksi tuoteselosteet painetaan pienellä printillä?

Meihin vaikutetaan. Kutsutaan sitä sitten propagandaksi, aivopesuksi tai valistukseksi, tarkoitus kuitenkin on vaikuttaa ajatteluumme.

Politiikassa tämä tarkoittaa oman puolen hyvien puolien korostamista ja vastapuolen huonojen puolten.

Kohtaamista ei näin tapahdu kovin helposti.

Kilpalaulanta tuottaa voittajia ja häviäjiä. Kuitenkin arvostava vuoropuhelu voisi viedä asioita eteenpäin.

No, tällaisen havainnon olen tehnyt. Tietenkään asia ei ole ihan näin yksiselitteinen, sillä edistystäkin tapahtuu.

Monesta asiasta olemme aika lailla samaa mieltä.

Olemme kaikki Hyvän puolella Pahaa vastaan.

Mielikuvat vain vaihtelevat. Ja havaintopisteet.

Parhaimmillaan erilaiset havainnot voivat tuoda ajatteluumme uusia ulottuvuuksia. Pahimmillaan taas ajaudumme vastakkainasetteluihin ja jääräpäisiin oman näkemyksen puolustamisiin.

Maailman tulevaisuuden kannalta olisi hyvä ainakin havaita tämä.

Sokkotreffit on nykyajan ilmiö, vaikka olemmehan aina kohdanneet uusia ihmisiä.

Nettideittipalstoilla kuitenkin treffeistä on tullut joillekin elämäntapaa muistuttava harrastus.

Mikäpä siinä, jos näin voi löytää kumppanin, jonka kanssa synkkaa. Parhaimmillaan yhteinen sävel löytyy heti ja molemminpuolinen ihastuminen voi johtaa kauniisiinkin lovestoreihin.

Jotenkin varauksellisesti sen sijaan suhtaudun deittipalstoilla näkemiini hurjiin vaatimuksiin, joita kumppanin pitäisi täyttää, tai tulee tiplu heti.

Kumppanin etsintä alkaa silloin muistuttaa ostoksilla käyntiä.

Kestävää ihmissuhdetta kuitenkin täytyy rakentaa yhdessä ja molemminpuolisen arvostuksen hengessä. Olen ehkä vanhan koulun mies, mutta ilman rehellisyyttä suhteet tuppaavat ajautumaan väärille raiteille.

On aika surullista, jos on muodostanut mielikuvan sen perusteella, miten toinen osapuoli on kuvannut itseään – mahdollisimman hyvässä valossa. Sitten treffeille saapuukin ihan erilainen henkilö.

Mitäs sitten?

No, aina voi tietysti luikkia jollain verukkeella pois treffitilanteesta.

Kuitenkin pettymys voi olla traumatisoivakin.

Omat lyhimmät treffini kestivät noin vartin verran kun vain yksinkertaisesti puheeaiheet loppuivat. Olisiko ollut mahdollista vähän erilaisella kohtaamistavalla tutustua toisiimme paremmin? Tätä jäin miettimään, mutta en enää parinkymmenen vuoden jälkeen asiaa tämän enempää ajattele.

Olisihan siinä toisaalta voinut käydä toisinkin.

Yleensä kuitenkin muodostamme aika nopeasti käsityksemme kohtaamistamme ihmisistä. Ensivaikutelmaa ei voi uusia. Se määrittelee pitkälle sen, millainen suhde muodostuu, olipa sitten kyse parisuhteesta, työkaveruudesta tai vaikkapa ihan satunnaisesta tapaamisestakin.

Mielemme toimii jotenkin alitajunnan avulla niin, että siihen vaikuttavat aikaisemmat kokemukset sekä odotukset ynnä tarpeemme sillä hetkellä.

Kuulostaa aika kyyniseltä, mutta kokemukseni on osoittanut, että hyväksikäyttösuhteilla on aina parasta ennen-päiväys. Jos suhde perustuu siihen, että toinen on suhteessa tavoiteltava ja toinen tavoittelija, muodostuu vallanjako, joka ajan mittaan nakertaa suhteen perustaa niin, että tuloksena voi olla kaksi vaihtoehtoa:

1. Toinen saa ns. tarpeekseen ja kyllästyy

2. Toinen kokee turhauttavana sen, ettei saa arvostusta.

Paremmin toimii suhde, jossa osapuolet ovat tasaveroisia. Ainakin noin yleisellä tasolla.

Koska en ole parisuhdeneuvoja, enkä muutenkaan mielelläni puutu jumittuneisiin parisuhteisiin, en lähde tässä neuvomaan. Ehkä olisi hyvä tietenkin hakeutua johonkin hyvään parisuhdeterapiaan. Niitäkin on.

Mielikuvat voivat elää omaa elämäänsä ja joskus rakastumisen hullussa tilassa kaksi mielikuvaa elää aluksi kuin hurmiossa, kunnes arki herättää lumosta.

Entäpä jos silloin tapahtuukin ihme, ja kaksi ihmistä kohtaa todella toisensa ja lähteekin kulkemaan kohti taivaanrantaa kuin Charlie ja Paulette vanhassa leffassa.

Niinkin voi käydä. Maailma on ihmeellinen. Ei vain elokuvissa.

Kohtaaminen on todella hieno kokemus, jos kaksi ihmistä voi siinä aidosti olla läsnä ja tulla havaituksi sellaisena kuin ovat.

Itävaltalainen psykoanalyytikko Erich Fromm kuvaa toisenlaista kohtaamista ilmaisulla "egotisme a deux"- kaksoisitsekkyys.

Siinä kaksi ihmistä heijastaa toisiinsa ihannekuvia. Tavallaan rakentavat toisiinsa ihannemallit, joissa toisen tehtävänä on toimia fantasian henkilöitymänä. Varsinkin nuorena tällainen on yleinen suhteen malli.

Nämä suhteetkin voivat toimia aikansa tietenkin. Jokainen ihmissuhde on tavallaan ainutlaatuinen. Kuitenkin kestävän suhteen perusta on aito kohtaaminen.

Aina se ei onnistu.

Olen kokenut monta kesken jäänyttä ihmissuhdetta. Moni on lähtenyt kovin nuorena täältä ja jättänyt aukon, jota on vaikea täyttää. Koska kaikki olemme ainutkertaisia, ei tätä aukkoa käytännössä voikaan täyttää.

Surutyötä olen tehnyt ja joidenkin kohdalla se jatkuu vieläkin. Ehkä hamaan loppuun asti.

Kuitenkin on myös sellaista surua, joka syntyy kohtaamattomuudesta.

Kaikkiin ihmissuhteisiin – ei siis vain parisuhteisiin – tulemme omien kokemusreppujemme kanssa. Ei ole tietenkään hyvä ajatus ruveta ensitapaamisessa heti purkamaan repun sisältöä toisen kannettavaksi, mutta jonkinlainen rehellisyys ja avoimmuus alusta lähtien olisi suotavaa.

Muuten päädymme kantamaan reppuamme piilossa ja sen sisältö vain lisääntyy.

Kuinka sitten kohdata toinen ihminen avoimesti, jos on itse vielä vereslihalla vanhojen kokemusten vuoksi?

Joskus laastarisuhteet toimivat, mutta kaikki koettu on hyvä käsitellä itse ensin niin ettei odota toisen ihmisen olevan ratkaisu omiin traumoihinsa. Tämä on ainakin reilua ja avaa enemmän positiivista sisältöä suhteelle.

Aikamoinen riski on siinäkin, jos pitkän "kuivan kauden" jälkeen kohtaa jonkun, johon sitten kohdistaa kaiken se toivon, jota on kantanut.

Pitäisi osata asettaa toiveet ja pelot järjestykseen. Pitäisi, pitäisi...

Usein kuitenkin kohtaamme ihmisiä ihan verekseltään. Sitten alamme pikku hiljaa tutustua toisiimme ja ajan mittaan sitten tuntemaan toisemme paremmin ja paremmin.

Ajan kanssa.

Rakastan sinun kanssasi
koko maailmankaikkeutta
Kuuta ja tähtiä.
Aurinkoa ja sen valoa
Tunnen liittyväni kanssasi
osaksi koko Universumia
ja kuitenkin olen vain tässä
sinun kanssasi
juuri nyt

Jotenkin näin...

XX

Toivo

Kun kirjoitan kirjaa "Mitä sinä haluat?", voisi tietenkin ajatella, että avaisimme yhdessä arkun, jossa olisi haltija kera kolme toiveen.

Mitkä ne toiveet olisivat?

Rahaa? Valtaa? Rakkautta?

Jokainen elävä organismi kuitenkin sisältää halun elää ja pyrkiä kohti valoa ja ravintoa. Kohti parempaa.

Joku voi uskoa, että raha tuo onnea ja tarjoaa ainakin enemmän mahdollisuuksia.

Toinen taas haluaa valtaa, koska sen avulla voi saavuttaa jotakin itselle tärkeää.

Kolmas taas haaveilee kestävästä rakkaudesta . Jopa prinssistä tai prinsessasta.

Kaikille yhteistä se, että halu parantaa nykyistä olotilaa on niissä keskeinen.

Entäpä jos meillä onkin jo kaikki tarvittava?

Jos olennaista onkin oivaltaa jotakin kuten se ovi seinässä, johon on tottunut hakkaamaan päätään?

Maailma elää ja muuttuu kaiken aikaa.

Se on juuri sellainen, millaiseksi me 8 miljardia ihmistä olemme sen rakentaneet. Myös muutokset tapahtuvat meistä riippuen.

Haaveilemalla ja haahuilemalla vain teemme itsestämme onnettomia. Vasta toiminta jonkun asian puolesta voi saada muutoksia aikaan.

Unelmat ovat tietysti kauniita ja niitä ei pitäisi unohtaa, mutta ilman toimintaa harvoin onni tulee kolkuttamaan ovelle.

Jos siis sinulla on haave jostakin paremmasta, pyri sen toteuttamiseen myös käytännössä. Tämän ohjeen uskallan antaa, koska se on hyväksi todistettu käytännössä.

Olen itse toiminut sen mukaan vaihtelevasti. En voi paukutella henkseleitäni, että olisin onnistunut. Turpiinkin on tullut ja välillä on pitänyt aloittaa alusta. Ja joskus nollapisteen alapuoleltakin.

Toivo paremmasta on kuitenkin saanut pysymään elämän syrjässä kiinni.

Jokainen pyrkii selviytymään elämässä jotenkin. Nekin, jotka joidenkin mielestä ovat luusereita. On jotenkin kovin halpa tuomita ihmisiä vain siksi, että ei ymmärrä heidän elämäänsä ja sen haasteita.

Olen saanut elämässäni paljon neuvoja ja ohjeita, joista olen tietysti kiitollinen. Joskus kuitenkin arvokkainta on ollut kokemuksien kautta oppia, mikä on mahdollista ja mikä taas ei. On myös ollut opettavaa tajuta, että kaikki eivät suinkaan ole auttamassa vilpittömästi.

Maailma on, mitä on.

Toivo paremmasta voi siivittää ajatuksiamme.

Tällä hetkellä tätä kirjoittaessani mielessäni on toivo siitä, että maailma jollain lailla tervehtyisi ja kehitys lähtisi kulkemaan kohti rauhanomaisempaa suuntaa. Sodat ovat aina äärimmäinen esimerkki ihmisten (siis päättäjien) kyvyttömyydestä kohtaamaan ja rakentamaan yhteistyötä planeetan säilyttämiseksi asuttuna myös tuleville sukupolville.

No, Universum ja planeettamme selviävät toki sopeutumalla ydinsodastakin, mutta ihmislaji ei .

Tätä taustaa vasten tuntuu järjettömältä se sotainto, joka meillekin on tullut.

Miksi?

Ja miksi emme sen sijaan ajattelisi, mitä kaikkea hyvää maailmassa voisi tapahtua?

XXI

Demokratia

Milloin kenenkin suuhun on laitettu sanonta, että demokratia on paras huonoista hallintatavoista.

Sen vastapainona esitetään yksinvaltius, josta taas jonkun mielestä valistunut itsevaltias voisi olla paras hallitsija, koska demokratiaan kuuluu olennaisena osana eripuraisuus.

Demokratian alkukotina pidetään antiikin Kreikkaa, jossa kaikki vapaat miehet olivat tasa-arvoisia kaupunkivaltion asioista päätettäessä. Usein unohdetaan mainita, että naiset ja orjat eivät tulleet huomioiduksi.

Yhdysvaltain Perustuslakia olivat laatimassa myös vapaat miehet. Sen henki pyrki olemaan ihmisen vapaan tahdon kunnioittaminen ja niinpä sieltä löytyy sellainenkin mukavalta kuulostava pykälä kuin ihmisten oikeus onnen tavoitteluun.

Suomen perustuslakia laativat henkilöt eivät sellaista hoksanneet laittaa meidän perustuslakiimme, mutta jos uskoo meille tarjottua tilastoa, jonka mukaan täällä asuu maailman onnellisin kansa, ei sitä kai sitten tarvitakaan.

Olemmeko tosiaan maailman onnellisin kansa?

Kukin voi ympäristöään ja omaa elämäänsä pohtien löytää myös erilaisia näkökulmia.

Monenlaisia ideologioita on kautta historian myös pyritty toteuttamaanmaailman parantamiseksi. Tai ainakin muuttamiseksi. Kristinuskoakin voidaan tavallaan pitää ideologiana, joka perustuu lähimmäisrakkauteen. Kuitenkin se on johtanut muiden uskontojen lailla kansoja toisiaan vastaan.

Sodissa tiivistyvät ihmisten kohtaanto-ongelmat, jotka tavallaan ovatkin kaikkien ongelmien perusta.

Ihmisenä olemisessa on monia ristiriitaisuuksia.

Pitäisi löytää ns. oma itsensä, jotta voisi antaa arvon muillekin.

"Arvaa oma tilasi, anna arvo toisellekin", pohdiskeli taannoin pitkäaikainen presidenttimme Urho Kekkonen. Kekkonen oli oikeastaan esimerkki siitä, miten voi kasvaa tehtäviensä myötä. Monella lailla hän oli kansaa yhdistävä presidentti. Jälkipolvet tosin ovat nähneet hänet liian myöntyväisenä, koska nyt on taas erilainen ajan henki.

On aika hankalaa hallita maata, jossa on erilaisia näkökulmia. Tämä johtaa helposti siihen, että kumarretaan yhteen suuntaan ja pyritään yhtenäiseen totuuteen. Vastakkaiset näkemykset pyritään tekemään epäsuotaviksi ja yleensä myös naurettaviksi. Jos tämäkään ei auta, kriminalisoidaan toisinajattelu. Äärimmillään se tapahtuu vangitsemalla toisinajattelijat tai jopa surmaamalla heidät.

Hienovaraisemmin kuitenkin niin, että luodaan ilmapiiri, jossa kansa oppii hylkimään eri lailla ajattelijoita ja heidän näkemyksensä mitätöidään. Tai sitten vain ne vaiennetaan. Näin muodostuu vallan keskittymä, joka itsestään ruokkii jonkun tietyn aatteen voittoa muista aatteista.

Tätä tapahtuu niin banaanitasavalloissa kuin kehittyneemmissä demokratioissa. Keinot vain vaihtelevat.

On tietysti tärkeää, että mitkä tahansa aatteet eivät leviä . Fasismi, joka hallitsi Euroopassa ja varsinkin Saksassa ja Italiassa 1930-luvulta lähtien, johti hirvittäviin seurauksiin . Samaa hallintamallia noudatettiin tietenkin myös Neuvostoliitossa, jossa pyrittiin tukahduttamaan kaikenlainen toisinajattelu. Tämä sitten vähitellen heikensi ja tuhosi valtion, jossa alunperin piti tapahtua vallan siirto eliitiltä kansalle.

Myöhemmin mm. Chilessä suoritettiin sotilasvallankaappaus, jolla kaadettiin Salvador Allenden demokraattisesti valittu sosialistihallitus. Tilalle tuli neoliberalismia noudattava sotilasjuntta.

Olisiko sosialismi voinut toteutua ilman tätä kaappausta? Moni on tätä miettinyt.

Halusiko kansa mieluummin työläisten valtaa vai neoliberalismia? No, joka tapauksessa jälkimmäinen vaihtoehto voitti. Tosin väkivallan avulla.

Väkivallalla nousi tietysti myös Lokakuun Vallankumous.

Ranskan vallankumouksestakin parhaiten muistuu mieleen giljotiini.

Verinen on ihmiskunnan historia.

Mitä me ihmiset oikeasti haluamme?

Speden esimerkki suomalaisuudesta on aika karu. Suomalainen on valmis maksamaan satasen, että naapuri ei saisi viittäkymppiä.

Näinkö me toimimme?

Aika mielenkiintoinen muuten tosiaan suomenkielinen ilmaisu vallankumous.

Voiko vallan kumota? Jollakin tai joillakin se aina on.

Kapitalismi on kestänyt monien erilaisten vaihtoehtojen tuiskeessa, sillä se on aina jotenkin onnistunut luomaan markkinat, joilla ihmisten tarpeet hoituvat.

Seuraava esimerkki voisi kuitenkin kuvata sen olemusta vähän karummin.

Käväisin hiljattain vanhoilla kotitanhuvillani ja mieleen tuli vanha sävelmä "Vihreät niityt".

Ajatus johti toiseen...

Alussa oli vihreä niitty. Sitten tulivat lampaat syömään sen ruohoa. Sitten sudet havaitsivat lampaat ja harvensivat lammaskantaa. Aivan kuten lampaat olivat etsineet ravintoa niityltä. Elämän kiertokulku toimi vielä niin, että kestävän kehityksen hengessä molemmat eläinlajit lannoittivat jätöksillään niittyä ja taas ruoho kasvoi. Luonnollinen tasapaino piti kasvun tasapainoa yllä.

Sitten tuli kapitalisti ja pisti lampaat lihoiksi. Sudet kesytettiin lemmikeiksi. Ruoho ei enää kasvanut vaan niityt taantuivat kesannoksi, jonka kapitalisti sitten myi gryndereille tonttimaaksi.

Niittyjen tilalle tuli kivitaloerämaa.

Kehitystä?

No, täytyyhän ihmisten asua jossakin. Tämä tarina on aikamoinen karkea yleistys kehityksestä, mutta jotenkin kuvaava sille, miten olemme maailmaa rakentaneet.

Takaisin luontoon emme voi enää palata, mutta ei tämä taloudellisen hyödyn ylikorostus voi myöskään olla pelkästään hyvä kehityssuunta.

Tarvitaan säännöstelyä ja rajoituksiakin, sillä ilman luontoa emme tule toimeen. Luonnossa taas kaikki tapahtuu jotenkin tasapainon avulla.

Voi kuulostaa aikamoiselta yleistykseltä, mutta perinteinen markkinatalous perustuu win-win periaatteeseen eli kaikille osapuolille hyötyä jakaen ja kaikilta oman osuuden vaatien.

Kuulostaa reilulta?

Kilpailu taas voi johtaa parhaassa tapauksessa erilaisten vaihtoehtojen vertailuun ja parhaan löytämiseen.

Pahimmillaan manipuloinnin avulla yhden vaihtoehdon ylivaltaan muut "voittamalla".

No, retki vanhalle kotiseudulle toi monia muistoja mieleen.

Ei ole kaipuuta menneeseen eikä edes oikeastaan nostalgiaa. Maailma elää ja muuttuu.

Olisi tietysti mukavaa ajatella, että parempaan suuntaan. Onhan moni asia toisaalta muuttunutkin parempaan suuntaan elinolosuhteitamme ajatellen...

"Thank God we have indoor plumbing..."

Olemmeko silti päättämässä oikeasti omista itseämme koskevista asioista? Edustuksellinen demokratia voi joskus tuoda eteemme tilanteen, jossa joudumme valitsemaan Ruton ja Koleran välillä.

Syytämme siitä helposti halitsijoitamme, mutta poliitikot ovat omien aatteittensa vuoksi joutuneet ajattelussaan siihen, että heistä on tullut edustamiensa ryhmien edunvalvojia. Kun sitten vielä joudutaan yhä suurempien kokonaisuuksien ja alueiden hallintamalleihin, jää yksittäisen ihmisen etu helposti pimentoon
Näin vain tapahtuu.

Joskus vielä 1970-luvulla puhuttiin jopa kaupunginosavaltuustoista paikallisdemokratian edistäjinä.
Nykyisin asioista päätetään enimmäkseen suurissa kuvioissa. EU-tasolla ja perinteisten puolueiden maailmankuvan mukaan. EU:ssakin hallitsevat muutamat puolueet.

Yksittäisen ihmisen halut ja edut jäävät helposti unholaan.

No, voimmehan toki valita nykyisin entistäkin useampien juustolajien välillä...

Niinpä...

Yksittäisen kansalaisen mahdollisuudet vaikuttaa omaan elämäänsä ovat demokratiassakin rajalliset. Niitä kannattaa silti käyttää. Oma juttunsa on tietysti sitten se, että onko esimerkiksi äänestäminen merkityksellistä, jos ei löydä ehdokasta, joka tuntuisi oikealta juuri minun asioitani ajamaan.

Tätä kirjoittaessani Eurovaalit lähestyvät ja uurnille kiiruhtavat varmasti ainakin ne, joiden etuja Europarlamentti voi ajaa. Nukkuvien Puolue taitaa kuitenkin jälleen nousta suosituimmaksi, mikäli vanhat merkit pitävät paikkansa. Monelle EU merkitsee vallan siirtymistä Brysseliin ja aktiivisimpia ovatkin ne, jotka varmistavat hyväosaisten edunvalvonnan. Toisella puolella taas protestoivat ne, jotka eivät tunne saavansa oikeutettua osaansa yhteiskunnassa.

Tällä hetkellä näyttää siltä, että oikeistosuuntaus jatkuu ja mahdollisesti äärioikeisto saa vielä lisää valtaa.

Toteutuuko kansan tahto?

Kukin voi sitä itse tykönään miettiä.

Tällaisessa järjestelmässä kuitenkin elämme. Edustavatko puolueemme tämän päivän todellisuutta aatteineen, on oma kysymyksensä. Uusimpana tulokkaana puoluekartallamme ovat Perussuomalaiset, jotka kuitenkin ovat osoittautuneet koko lailla vanhoilliseksi liikkeeksi. Populismi on imuroinut kansan tyytymättömyyden ja monella lailla vaalikampanjat ovat myös keskittyneet enemmän muiden mollaamiseen kuin jonkun uuden ja positiivisen asian esille tuomiseen.

Vai mitä voisi ajatella siitä, että tärkeimpinä teemoina ovat aseellinen osallistuminen Ukrainan sotaan sekä sosiaalitukimäärärahoista leikkaaminen. Sekä maahanmuuton ehkäisy.

Entä ihmisten hyvinvointi? Tai luonnon?

Elämme erilaisten dystopioiden maailmassa.

Näin ollen inhorealismista on tullut vaalivaltti.

Sen alle jää keskustelu siitä, olisiko jotenkin hyvä muuttaa talouspolitiikkaamme siihen suuntaan, että useammat voisivat osallistua yhteisen kakun leipomiseen.

Nyt vaahdotaan siitä, että tukia täytyy leikata, koska valtio on velkaantunut ja kulut ovat kasvaneet liian suuriksi.

Liian suuriksi? Miksi ne ovat kasvaneet? Olisiko syytä tarkistaa tavoitteemme?

Olemmeko rakentamassa kansalaisyhteiskuntaa vai pidämmekö yllä kasinoa?

Puhutaan enemmän rahasta kuin ihmisistä. Tietenkin rahaa tarvitaan infrastruktuurin hoitamiseen, mutta kun vähänkin katsoo ympärilleen, näkee huonosti hoidettuja teitä, rempallaan olevaa ympäristöä ja ihmisiä, joiden olemus heijastaa jotain ihan muuta kuin suurta onnentunnetta, jota luulisi maailman onnellisimmassa maassa löytyvän joka mökistä.

Tämä pistää ajattelemaan, onko meille kerrottu narratiivi sittenkään ihan todenmukainen vai yritetäänkö meitä vain saada hallittua ja pysymään hiljaisina.

Jo Kekkonen totesi aikoinansa, että vallankumous
tuskin alkaa Suomesta. Hän tietysti puhui
sosialistisesta vallankumouksesta.

En näe suurta eroa siinä onko vallassa proletariaatin
diktatuuri vai rahavallan yksinvaltius. Demokratia on
minustakin huonoista hallintamuodoista kohtuullisin.
Sen pitäisi kuitenkin olla todellista kansanvaltaa
eikä vain sitä, että säännöllisin väliajoin järjestetään
idols-tyyppisiä äänestyskilpailuja, joissa parhaiten
mainostetut tyypit saavat vallan.

En yhtään tykkää sanoa tätä ääneen, mutta
valitettavasti olemme ajautuneet tähän.

Vallankumousta en pidä hyvänä ratkaisuna. Sellaiset
ovat aina jotenkin negatiivisia ja väkivaltaan
perustuvia. Parhaat muutokset tapahtuvat niin, että
riittävän moni haluaa niitä. Internetaikakaudella
muutokset voivat olla mahdollisia yksinkertaisestikin,
jos ihmiset suuremmassa määrin oivaltavat uusia
ratkaisuja ja ovat valmiita toimimaan niiden hyväksi.

Aika halvalta vaatimukselta tuntuu se, että ihmisiä
patistetaan äänestämään, vaikka vaihtoehdot ovat
pääsääntöisesti sata vuotta vanhoja.

On ihan ymmärrettävää, että monet pitävät hyvänäkin
vaihtoehtona valistunutta yksinvaltiasta. Itse en oikein
innostu siitä. Suomessakin yritettiin kuningasvaltaa
yli sata vuotta sitten, mutta Hessenin prinssi ei sitten
tullutkaan maatamme hallitsemaan.
Tiedän, että moni ei halua tätä kuulla, mutta
pientä kansaamme vaivaa terveen itsetunnon puute.

Mieluummin nostetaan jalustalle tyyppejä, jotka

osaavat antaa itsestään myyvän kuvan kuin ajatellaan itse ja lähdetään vaikuttamaan omiin asioihin itse.

Isoisä Paavon ajatukset tulevat aina välillä mieleen. Politiikkaa myydään kuin makkaraa ja eineksiä.

Ja politiikka kuitenkin on yhteisten asioiden hoitoa. Edustuksellisessa demokratiassa valitsemamme edustajat ovat meidän palvelijoitamme.

Ei toisinpäin.

Muistammeko sen silloin kun hillotolpat kiinnostavat vaalien välillä enemmän heitä kuin meidän elämämme?

No, elämme kuitenkin tässä todellisuudessa juuri nyt. Keväällä 2024 kun luonto jälleen herää näilläkin leveysasteella tarjoamaan meille ihmeitään. Niistä voimme vielä nauttia.

Maailmankaikkeus ei tunne ei-sanaa, joten se toimii vain plus-merkkisesti. Voidaan tietysti sanoa, että on ensin vapautta jostakin ja sitten vapautta johonkin, mutta syy miksi vallankumoukset syövät yleensä lapsensa, on juuri se, että niiden tehtävänä on tuhota, ei rakentaa. Se tulee vasta sitten kun on saatu agenda, jonka puolesta toimia.

Ilman sellaista harhailemme täällä vain suuntaa etsien tai usein vielä niin, että emme edes usko mihinkään suuntaan vaan olemme hallintoalamaisia vailla omaa suuntaa.

Valta turmelee...senhän kaikki tietävät...

Olisi kuitenkin aivan liian halpaa määritellä kaikki poliitikot selkärangattomiksi pyrkyreiksi, vaikka kieltämättä valta houkutteleekin käyttäjäkseen narsistisia persoonallisuuksia. Äänestäjinä kuitenkin meillä on valta (ja vastuu) valita edustajiksi sellaisia henkilöitä, joiden voimme uskoa ajavan meitä koskevia asioita hyvään suuntaan . Edustajat kuvastavat kuitenkin kansan tahtoa.

Ihan niin naiivi en ole, että uskoisin kansan tahdon oikeasti toteutuvan sellaisenaan. Amerikkalainen kielititeilijä Noam Chomsky kuuluu ilmaisseen asian niin, että suurin osa kansasta ei tiedä, mitä maailmassa oikeasti tapahtuu. Eikä se edes tiedä, ettei tiedä.

Olisiko parempi sitten elää ilman tiedon tuottamaa tuskaa? Tai – tietysti tieto voi myös vapauttaa. Olisihan hyvä ihan lähtökohtaisestikin tietää, mikä on meille hyväksi ja mikä taas ei.

Jotain kaikille optimaalista onnea tuottavaa on vaikeata saada helposti maailmassa aikaan. En usko, että roskaruoan kotiin tilaaminen olisi maallisen onnen täyttymys, vaikka se voi tietenkin säästääkin vaivojamme.

Sedän matka kaivolle. Niinpä...

Mitä me 8 miljoonaa ihmislajin edustajaa oikeasti haluaisimme?

Mitä olisimme valmiita tekemään sen hyväksi?

XXII

Valta ja vallattomuus

Aikamme korostaa yksilökeskeisyyttä. Meillä ns. länsimaissa aina vain enemmän olemme siirtyneet kulttuuriin, jossa korostetaan yksilön vapautta ja oikeuksia etsimään sitä onnea, joka Yhdysvaltain Perustuslaissa on määritelty kansalaisoikeudeksi.

On maita, joissa täytyy elää jatkuvassa pelossa, että voi joutua herätetyksi keskellä yötä ja raahatuksi loputtomiin kuulusteluihin ja pahimmillaan kidutetuksi. Meillä yksilön suoja (ainakin vielä toistaiseksi) ei salli sellaista. Tietenkin valta pitää huolta siitä, että sitä ei uhata, mutta oikeastaan se on pohjimmaltaan hyväkin juttu, jos nyt ei ole väkivallan ehdoton kannattaja.

Laki toimii hitaasti. Joskus pahin tuomio onkin ns. roikkua löysässä hirressä tuomiota odotellen pienissäkin jutuissa. Kuitenkin oikeusvaltioperiaate on hyvä lähtökohta yhteiskuntapolitiikassa. Nimittäin jos lain henkenä on olla ihmisten turvana. Toisenlaisiakin käytäntöjä on.

Meillä ollaan hyvin helposti tuomitsemassa erilaisia järjestelmiä, joiden olosuhteista kuitenkin saamme yleensä melko lailla väritettyä informaatiota. Kulttuurit ja käytännöt vaihtelevat.

Olisi siis aika lailla hyvä keskittyä omaan maahamme ja sen asioiden hoitamiseen. Ongelmia riittää meilläkin. Se, että aina vain suurempi joukko meillä on joutunut tulonsiirtojen varaan on seurausta siitä, että he ovat joutuneet osattomiksi. Jos vielä lyödään lyötyä ja leimataan kaikki osattomiksi joutuneet laiskoiksi loisiksi, kertoo se enemmän näiden stereotypioiden levittäjistä kuin itse ongelmasta.

Laiskuus on enemmän näiden pahansuopien ihmisten ajattelussa.

Olemme tässä kaikessa yhdessä ja jokainen ketju on juuri niin vahva kuin sen heikoin lenkki.

Jos pörhistelemme omassa erinomaisuudessamme ja surutta pilkkaamme huonompiosaisia, unohdamme, että eräänä päivänä tulee meidänkin aikamme lähteä ja ennen sitä voimme joutua monella tavoin avuttomaksi ja tarvitsemaan yhteiskunnan apua.

Karma hoitaa.

On hyvä tässä yhteydessä jälleen mainita, että en ole minkään puolueen tai etujärjestön asialla. En myöskään halua ryhtyä opettajaksi tai guruksi ja siten saada hallintaani ihmisiä. Kerronpa vain asioita ja havaintoja sekä jaan kokemuksiini perustuvia ajatuksia.

"Aatteleppa ite", sanoi Jope Ruonansuu.

Jos siis olet omista lähtökohdistasi päätynyt näkemään maailman ihan erilaisena, on se ihan okei minun puolestani. Paras maailma minun mielestäni syntyy kun siinä on useampia näkökulmia mukana. Ja niistä voidaan keskustella arvostavasti.

Suomi on maailman mittakaavassa pieni maa ja niinpä meillä helposti käy niin, että yksi "totuus" syrjäyttää todellisuudenkin ja siitä tulee hallitseva normi.

Vallankäytössä taas helposti käy niin, että sen kaappaavat ihmiset, jotka eivät siitä juovuttuaan enää muistakaan kuka tai ketkä sen heille antoivat. No, tämäkin on hieman negatiivinen ajatus, sillä onhan niitäkin, jotka ihan aidosti ovat kokonaishyvinvoinnin kannattajina.

Ihmisten hyvinvoinnin. Mutta sen lisäksi meillä vielä on yhteinen planeettammekin, josta olemme kaikki kollektiivisesti vastuussa.

Aikamoinen tilanne. Hurjasti haasteita. Mukavampaa olisi katsella kissavideoita.

Tai sitten käpertyä oman armaansa kainaloon ja vain – olla siinä.

Mikä sitten kenellekin on hyvä olotila.

En oikein syty ajatukselle, että elämän pitäisi olla taistelua, vaikka mummoni sängyn päällä oleva gobeliinitaulu sitä julistikin.

Silloin joskus...

Olen päätynyt ajattelemaan, että valitsen itse omat taisteluni. Mieluummin tosin puhun toiminnasta jonkun asian hyväksi. Maailma ei ole valmis ainakaan minun mielestäni, joten mielekästä toimintaa on aina tarjolla, jos tekijöitä löytyy.

"Ajan johtajaa ei näy", totesi Eino Leino jo ammoin. Tällainen ajatus hiipii mieleen näin keväällä vihreyden vallatessa maisemaa täällä nykyisellä kotiseudullanikin. Ajan henki ei ole kovin kannustava meillä nykyisin.

Ehkä ankeimman kuvauksen Suomesta kuulin tansanialaiselta Steveniltä, joka puhui Suomen kesästä lyhyenä välivaiheena ikitalven keskellä. Hän oli Suomessa vaihto-oppilaana joskus kauan sitten.

Minulle kuitenkin juuri tämä vihreyden lisääntymisen aika on aina kuin uusi herääminen.

Ehkä juuri siksi tästä onkin hyvä nauttia juuri nyt kun kasvun voi nähdä kaikkialla. Linnut ovat palanneet ja liukuestekengät sekä lumilapio ovat jo varastossa ensi talven varalle.

Kevät. Minun vuodenaikani.

Minun vallassani on, haluanko nauttia siitä.

No, haluan tietysti.

Onhan tietysti muissakin vuodenajoissa omat viehätyksensä. Ihan käsi sydämellä myönnän, että mielelläni viettäisin ydintalven jossain muualla. Valon puute ankeuttaa elämää monella tavalla. Se näkyy selkeästi myös ihmisten kasvoilta ja olemuksesta meillä Suomessa.

XXIII

Rakkaus

Jo kauan sitten keskuudestamme poistunut laulaja/
lauluntekijä Harry Nilsson julkaisi joskus 1970-luvulla
parodisen rakkauslaulun "Joy". Sen sanoituksessa
pohditaan rakkauslaulujen olemusta ja päädytään
siihen, että jos kaikki olisivat onnellisia, ei olisi
rakkauslauluja.

Rakkauslaulut kertovat menetetystä rakkaudesta,
saavuttamattomasta rakkaudesta, kielletystä
rakkaudesta, polttavasta rakkaudesta...aina niissä
tuntuu olevan ongelmia.

Jos ajatellaan, että rakkaus on elämän voima, miten
se voisi saada ihmisen kärsimään? Ja onko se siis
rakkautta ollenkaan, jos se on saavuttamaton kuin
Fata Morgana? Kaukana siintävä sateenkaaren Elämää
suuremmat tarinatpää?

Kreikankielessä on neljä rakkautta ilmaisevaa sanaa:
Eros, Philos, Storge ja Agape.

Eros kuvaa eroottista rakkautta, Philos enemmänkin
ystävyyttä ja kiintymystä, Storge taas perheyhteyden
kaltaista yhteyttä. Ylinnä on Agape – jumalainen
rakkaus.

Onnellinen se, joka voi kokea näitä kaikkia.

Onneton se, joka syystä tai toisesta on joutunut harhateille ja menettänyt uskonsa rakkauteen, joka kuitenkin on Elämän Voima, joka parhaimmillaan tekee elämästä monella lailla täyttymyksellistä.

Entäpä, jos rakkaus olisikin perustila, joka voimallaan auttaisi meitä elämän eri käänteissä? Entä jos se ei olisikaan mikään kaukainen unelma, jollaisena se kuvataan huikeissa tarinoissa?

Rakkaus elämänasenteena? Mahdollista vai mahdotonta?

"Elämää suuremmat" tarinat johdattavat meidät etsimään jotain suurta ja saavuttamatonta. Aivan kuten sähköjänis saa koirat laukkaamaan.

Sitten olemme onnettomia kun juuri meidän kohdallamme unelmat eivät toteutuneetkaan.

On aika onnellinen sattuma, jos kaksi ihmistä kohtaa ja löytää yhteisen aallonpituuden, jonka avulla kykenevät rakastamaan toisiaan ja myös auttamaan toisiaan elämän monenlaisissa haasteissa.

Jos etsimme täydellistä mätchiä, on todennäköistä, että löydämme hänestä virheitä ajan oloon, jos odotuksemme ovat olleet alun perinkin ylimitoitetut.

No, näistä kokemuksista kyllä syntyy paljon tunteellisia rakkauslauluja, mutta mielikuvat eivät voi rakastaa toisiaan käytännössä kovin pitkään.

Kuulostaako lohduttomalta? No, ei se sitä ole. Täytyy vain ensin löytää itsensä ja sitten kumppani, joka on valmis jakamaan elämänsä. Molemmat sellaisena kuin ovat. Arjessa ja juhlassa.

Joskus kun olin nuorempi ajattelin niinkin, että on vain seksuaalista vetovoimaa, joka on luojan salajuoni lajin säilymiseksi. Rakkauteen aloin uskoa vasta vähitellen. Alapään veto saattaa yhteen hyvinkin erilaisia ihmisiä. Sitten ihmetellään, että mikä ihme siinä on kun ei oikein ole mitään yhteistä sen ensihuuman jälkeen.

Palavaa roihua seuraa kekäleinen rovio.

"Haluaminen on halpaa".

Eikä ole...

Nykyisin alkaa näyttää siltä, että konsumerismi on yltänyt kaikkialle. Niin siis myös rakkauteen. Etsimme "täydellistä kumppania" ja pienikin tiplu pudottaa ehdokkaan unohduksiin.

Lopulta jäämme taas yksin ihmettelemään. Sen sijaan, että löytäisimme rakkauden sisältämme ja voisimme jakaa sitä energiaa kumppanimme kanssa.

Tietenkin on kiehtovampaa elää draamaa, jossa elokuvista tutut kuviot toistuvat kuin jakaa rakkautta ihan tavallisessa arjessa samanveroisen kumppanin kanssa.

Voi kuulostaa tylsältä. Sitä se onkin, jos etsinnässä on vain draamaa ja ehdollisia elämyksiä.

No, tietysti rakkauttakin voi ostaa makkarapaketin tapaan. Elämmehän moniarvoisessa yhteiskunnassa. On kuitenkin kohtuullista kutsua sitä silloin jollain muulla nimellä.

Kuten olen jo useasti maininnut, elämään voi suhtautua monella tavalla.

Kun kaksi ihmistä kohtaa, voi syntyä jotain erityistä, joka alkaa ravita kumpaakin. Kauanko rakkaus kestää, riippuu siitä, kestääkö kummankin usko sen voimaan. Hektinen elämä helposti saattaa erilleen nekin, joilla olisi mahdollisuus rakkauteen.

Mitään takeita ei voi antaa sille, että rakkaus kestää, mutta se vaatii molempien yhteistä tahtoa ja kestävyyttä myös. Asiaa auttaa, jos toisen hyväksyy sellaisenaan kuten itsensäkin.

Helppoa se ei ole, koska ajan henki vaatii meiltä sopeutumista mitä moninaisimpiin rooleihin ja tehtäviin. Roolit eksyttävät olennaisesta elämässä.

Raha tulee myös kuvaan ennemmin tai myöhemmin ja olen huomannut, miten olennaista on se, että suhtautuminen siihen ratkaisee suhteen kestävyyden. Tuhlari ja säästäväinen eivät ilman ongelmia kestä yhdessä. Tietysti ongelmatkin voidaan ratkaista yhdessä – jos riittää halua ja motivaatiota.

Yleistä kuitenkin on, että lähdetään eri teille. Silloin taas palataan vähitellen lähtöpisteeseen. Jos mitään ei ole opittu, toistetaan samoja kaavoja uusien kumppanien kanssa. Kunnes opitaan.

Paljon koottuja traumoja kokemusrepussa vähitellen ajavat yksinäisyyteen elämässä. Traumojahan aina jää kun suhteet eivät vain onnistu. Niitä ei myöskään voi ratkaista muille siirtämällä. Voimme vain rakastaa. Jos emme saa vastarakkautta, ei siihen auta ainakaan väkivalta tai painostus.

Onnettomista rakkauksista syntyy dramaattisia lauluja ja romaaneja sekä tv-sarjoja.

Suhdekierrätyssarja Kauniit ja Rohkeat pyörii kai vieläkin telkkarissa ja sen mallit voivat alitajuisesti monet omaksua itselleen.

Yleensä ne eivät toimi kovin hyvin eikä pitkään.

Mitä sitten on rakkaus?

Siitä varmasti on monenlaisia käsityksiä, mutta omani on se, että se on ikään kuin voima ihmisen sisällä. Rakastamalla luomme jotain, mikä voi kasvaa. Pitämällä huolta toisistamme vaalimme elämää. Joskus se voi olla ihan yksinkertaista, joskus taas vaatia suuriakin tekoja. Kerran sen kokiessaan ei kaipaa muuta navigaattoria elämässään.

Oma juttunsa tietysti sitten, kenen kanssa sen voi jakaa.

Kaikkien kanssa ei onnistu.

Juuri siksi rakkaus onkin arvokas asia. Se voi tosin kohdistua myös eläimiin tai luontoon. Toisen ihmisen kanssa jaettuna se on kuitenkin yksi elämän parhaista asioista.

Näin minä ajattelen ja tunnen. Sinä voit olla jälleen kanssani eri mieltä ja en sinua siitä soimaa. Me kaikki elämme omien arvojemme mukaan.

Ymmärrän senkin, että kaikki eivät edes halua rakkautta elämäänsä.

Rakkaus voi olla monella tavalla mysteeri, mutta aika kauas sen olemuksesta on jouduttu Ashley Madison-tyyppisissä pettämissovelluksissa.

Aika hyvä perusohje elämän karikoissa valintoja tehdessä on kysyä itseltään: Mikä olisi rakkauden vastaus?

Anteeksiannon ja armon kautta elämä voi tarjota aivan uudenlaista energiaa.

XXIV

"Winnerit" ja "luuserit"

Englanninkieli on luikahtanut kuin huomaamatta arkipäiväämme. Pahoittelen, että tähänkin kirjaan

Ulkomaalaisten ystävieni kanssa hassuttelimme aikanaan mm. sanan "citykäytävä" kustannuksella. Se kuulostaa aika huvittavalta kuten myös puhe luusereista. Tämän leiman saa, jos ei toimi samoin kuin massat.

"Ellet ole puolellamme, olet meitä vastaan", on eräs tie vallan keskittämiseen. Ehdoton valta turmelee ehdottomasti. Ei ainoastaan fraasissa vaan myös käytännössä.

Olemme joko hallitsijoita tai vallan kohteita. Kuka mitenkin. Kuitenkin hierarkiassa jokaisella on oma paikkansa. Vallasta kuitenkin myös taistellaan ja toiset haluavat sitä, toiset taas etsivät johtajaa, jolle delegoida vallan mukana myös vastuu.

Kuitenkin elämme kuin olisimme kaiken hallitsijoita. Somessa saa joskus lukea aika huvittavia kommentteja siitä kuinka "vihervassarit" estävät ihmisiä elämästä mielensä mukaan. (Valtaa muuten pitää tällä hetkellä oikeisto – jopa äärioikeisto. Eivät vihreät tai vasemmistolaiset.)

Kuinka "fasistit" haluavat hallita maailmaa ja heidät pitää pysäyttää. Kuinka joku ihminen on niin paha, että hänet nyt vain täytyy raivata pois tieltä niin paratiisillinen tila palautuu ja ihmiset voivat olla onnellisia.

Onnellisuus nähdään siinä, että kukaan ei rajoita meidän ryhmämme toimintaa. Olipa se nyt sitten kuinka kaistapäistä tahansa.

Sosiaalinen media, joka voisi olla ihmisiä yhdistävä kommunikointikanava, jossa erilaiset näkemykset kohtaisivat, on paikka paikoin muodostunut kilpailuareenaksi sille, kuka parhaiten osaa mitätöidä eri mieltä olevien mielipiteet. Eikä ainoastaan mielipiteet vaan ensisijaisesti eri lailla ajattelevat ihmiset kokonaan.

Moni on murtunut herjakampanjojen tuloksena. Mediassakin joku ihminen voidaan nostaa tikunnokkaan jonkun ajattelutavan edustajana, jonka jälkeen häneen voi heikoinkin kohdistaa kaiken inhonsa ja tuomionsa.

Koulukiusaamisesta tämä usein alkaa – jopa lasten päivähoitopaikasta.

Kun on omat demonit saatu kohdistettua toiseen, voikin antaa niiden rauhassa myllätä sisällään.

Tämä menee joskus aivan äärimmäisyyksiin kun tuntuu hetken niin hyvältä antaa vain muiden kärsiä. Ja kaikki tehdään yleisen moralismin nimissä. Ikään kuin palauttaen paheksunnan kohde maan tasalle – ja sen alapuolellekin.

On tietysti ihan oma juttunsa, että mikään yhteisö ei voi toimia ilman yhteisesti hyväksyttyjä arvoja, mutta jos yhteisön arvomaailma perustuu toisen yhteisön alistamiseen, kyse on vallan käytöstä ja alistamisesta.

Aikojen alusta lähtien ihmisten kesken on vallinnut hierarkioita. Primitiivisimmätkin hierarkiat ovat perustuneet tehtävien jakoon. Jotkus osaavat jotain paremmin, toiset taas hallitsevat jonkun muun taidon. Luonnossakin tällainen toimii eri eläinlajien kohdalla.

Vasta kun väestö alkoi lisääntyä, tuli mahdolliseksi hallita kokonaisia kansakuntia – ja valloittaa uusia alueita. Tähän tarvittiin sotilaita.

Sodat eivät ole siis nykyajan keksintö.

Jos ihanteena olisi kaikkien ihmisten ja myös planeettamme hyvinvointi, olisimme kaikki yhdessä toimimassa sen puolesta. Noin periaatteessa, miksi kukaan olisi sitä vastaan?

Tässä vaiheessa kuvaan astuu kuitenkin vallan houkutus ja vetovoima.

Joitakin ihmisiä se houkuttaa aivan erityisesti. Yleisesti tätä ryhmää luokitellaan psykopaateiksi tai sosiopaateiksi. Myös narsisteilla on halu rajattomaan valtaan.

Asia ei olisi ongelmallinen, jos valta ja vastuu jakaantuisivat tasaisesti. Usein kuitenkin käy niin, että valta tai sen tarjoamat hillotolpat ovat niin mielenkiintoisia, että vastuu muista voi hälvetä sillä tiellä, millä vallan maailmaan kuljetaan.

Maailma näyttää erilaiselta siellä, missä ei tarvitse enää ajatella maitolitran hintaa.

Jokainen meistä elää omassa elämän kuplassaan. Kuten aivotutkija Lauri Nummenmaa totesi, tapaamme parhaimmillaankin noin 80 000 ihmistä elämämme aikana. Elämämme on myös ajallisesti rajallinen, joten tärkeää onkin miettiä, mitä ihan aikuisen oikeasti haluamme siltä.

Olisi hyvä minimi, jos voisimme elää niin, että pystyisimme vaikuttamaan omaan elämänpiiriimme. Perinteisesti tämä on tapahtunut tekemällä työtä, josta voi saada riittävän toimeentulon. Tämä mahdollistuisi, jos voisimme luottaa siihen, että työtä riittää ja elinkustannukset eivät karkaisi ulottuviltamme.

Aika yksinkertaista, eikö totta?

Elämme kuitenkin maailmassa, jossa tulot ja varsinkin rikkaudet ovat jakaantuneet varsin epätasaisesti. Meillä Suomessa voi ainakin vielä elää suhteellisen turvattua elämää verrattuna maihin, joiden infrastruktuuri on paljon huonommalla tasolla.

Silti meilläkin julkisen sektorin kuihduttamisen vuoksi on moni yhteiskunnallinen palvelu joutunut kutistumaan. Hoitoon pääsy ei ole kaikille yhtä nopeata. Julkisia palveluja voi joutua hakemaan pitkienkin matkojen takaa. Tiet ovat ajautuneet paikoin todella surkeaan kuntoon...ja niin edelleen.

Olemme silti eräs maailman rikkaimmista maista.

Miksi on niin vaikeata rakentaa järjestelmää, jossa sekä planeetta että kansalaiset voisivat hyvin?

"Tuo tullessasi, vie mennessäsi".

Talouselämän hyvinvointi vastaan planeetan hyvinvointi. Tästä on tullut tavallaan ikuinen kysymys. Miten paljon uusiutumattomia luonnonvaroja voidaan käyttää ?

Miten ihmisten kekseliäisyys pystyy ratkaisemaan kiistattomia ongelmia, joihin ei ole enää mitään kovin helppoja ratkaisuja?

Talouspolitiikasta kiinnostuneita ohjaisin tutustumaan Thomas Pikettyn järkälemäisiin opuksiin 2000-luvun kapitalismista, Stephanie Keltonin hyvään kuvaukseen "Alijäämämyytti" sekä myös kreikkalaisen taloustieteilijän Giannis Varoufakisin teoksiin, joissa hän
kuvaa eurooppalaista talouspolitiikkaa ja sen seurauksia.

Länsimainen elämäntapamme perustuu energian saantiin. Asia konkretisoituu kun mietimme, miten pitkään tulemme toimeen ilman sähköä.
Entä puhdasta juomavettä? Julkisia palveluja?

Ei ole terveellistä jatkaa listaa, koska ahdistuneisuus voi vallata mielen asioissa, joihin meillä yksittäisillä ihmisillä ei ole patenttiratkaisuja. Eikä useimmiten edes vaikutusmahdollisuutta.

Tarvitsemme siis toisiamme. Ja yhteistyötä yli kansalaisuusrajojen.

Emme tarvitse etupiirijakoon perustuvia sotia.

Emme myöskään väkivaltaa ratkaisumallina.

Hallintoalamaisina joudumme kuitenkin helposti tilanteeseen, jossa asioista päättäjät näkevät tilanteen vain omasta näkökulmastaan.
Heille olemme luovuttaneet vallan.

Vapaaehtoisesti tai vaihtoehtojen puutteessa.

Tällainen on maailma keväällä 2024. Monella tavalla olemme menneet teknisessä kehityksessä eteenpäin. Myös arvojen suhteen keskustellaan nykyisin tärkeistä tavoitteista kuten vaikkapa sukupuolten tasa-arvo tai ihmisten toimeentulo järjestelmässä, jossa toisessa päässä ovat miljardöörit ja toisessa toimeentulotuella elävät. Ja sitten vielä ne, jotka elävät maailmassa, jossa Maslown mainitsemat perustarpeetkin ovat pelkkä haave tai ainakin kovien ponnistelujen takana.

Tähän väliin en voi olla toteamatta, että on hankalaa arvostaa tai edes hyväksyä sitä, että maailman pakolaisongelma nähdään Suomessa monin paikoin hyvin itsekkäästä ja ahtaasta näkökulmasta. Kysymys on tietenkin myös median meille luomasta maailmankuvasta. Sen varaan rakennettu maailmankuva on kovin ohut kuitenkin.

Maailma näyttää erilaiselta lottovoittajan silmin.

Monet maailman ongelmat ovat ns. kohtaanto-ongelmia. Kun meitä elää täällä 8 miljardia saman lajin edustajaa hyvin erilaisissa olosuhteissa ja elämäntilanteessa, on aika luonnollista, että ymmärrykseen perustuva kommunikointi on haasteellista ellei paikoin mahdotontakin.

Asiaa ei auta ainakaan se, että ihmisillä on taipumus luokitella ja stereotypioida niitä, joihin ei ole suoraa yhteyttä. Näinpä elämme pitkälti mielikuvien varassa.

Näemme ja kuulemme niitä asioita, joita haluamme.
Tai koemme sitä, mihin meillä on valmius.

Rajallisuutemme estää meitä ymmärtämästä
asioita, jotka ovat meidän välittömän elämänpiirimme
ulkopuolella. Oman mukavuusalueen ulkopuolelle
astumisen koemme uhkana jopa olemassaolollemme.

Ja kuitenkin joka päivä heräämme tähän maailmaan,
jossa elämme. Lehdistä luemme katastrofeista ja
aamukahvin jälkeen toteamme, että ei sentään
meillä... sitten rakennamme päivämme ihan
tavallisista asioista, jotka toimivat tai ovat toimimatta.

Meidän elämässämme se on alue, johon voimme
vaikuttaa toiminnallamme – mutta varsinkin
asenteillamme ja tiedoillamme.

Olisi tietysti mukavaa, jos voisimme elää vallattomina
ja huolettomina. Jos taloudellinen kasvu voisi jatkua
rajattomasti ja huolettomasti.

Ikävä uutinen on, että maapallon kestävyys on
rajallinen.

Parempi uutinen taas se, että meistä kaikista riippuu,
säilyykö planeettamme asumiskelpoisena jatkossakin.

Kaikenlaisia kauhukuvia on esitetty ja toisella puolella
taas todettu, että ei huolta.

Luottamus nykyiseen mediaan on ainakin minulla hyvin ehdollinen.

Kysyn aina kolme kysymystä kun media esittää jonkin näkemyksen:

1. Onko se totta ja mitkä ovat perustelut?

2. Mitä se vaikuttaa minuun nyt ja mitä tulevaisuudessa?

3. Kuka sen esittää ja miksi?

Mediakriittisyys on entistäkin tärkeämpää aikana, jolloin helposti ajaudutaan hyödyttömiin juupas-eipäs väittelyihin ja todellisuuskuvien väliseen kilpailuun, jossa taas voittajan näkemys ei välttämättä ole sen kattavampi kuin hävinneenkään.

Elämme todellisuudessa. Se on olemassa riippumatta CNN:n ja Fox TV:n välisestä kilpailusta.

Tämä on hyvä muistaa varsinkin silloin kun meitä valmennetaan taisteluun "väärinajattelijoita" vastaan.

Vallankäyttö ulottuu moniin elämänalueisiin ja vaikka sitä ei voisi vastustaakaan, on hyvä olla siitä tietoinen.

Maailma elää. Tämän päivän aatteet voivat huomenna olla poissa muodista ja varsinkin trendit muuttuvat tuon tuostakin.

Ehkä valistunut yksinvaltias voisi olla hyvä meille kaikille, jos hän osaisi todella ajatella kaikkia yhdenveroisina, mutta kun tuossa aiemminkin on jo tullut mainituksi vallan korruptoiva luonne, en lähtisi tätä vaihtoehtoa liputtamaan.

Demokratia käytännössä on hyvä lähtökohta. Ilman reunaehtoja ja rajoituksia. Niin, että se toteutuu optimaalisesti kaikkien kohdalla.

Onko se edes mahdollista?

Hyvä kysymys...

Tähän asti on kuljettu historian aamuhämäristä ja silti samat ongelmat vaivaavat ihmiskuntaa. Sodat, taudit, viekkaat hallitsijat, kuolemansynnit...

Toisaalta on kyllä myönnettävä, että paljon on tapahtunut kehitystäkin, mutta aina aika ajoin se Dostojevskin kellariloukon asukin ennustama hyvin pukeutunut herrasmies astuu eteemme ja kädet puuskassa toteaa, että eiköhän me hyvä herrasväki heitetä kerralla menemään kaikki opitut logaritmit ja tiedot ja aleta toimia oman tyhmän tahtomme mukaan.

Ja kansa hurraa hurmaantuneena. Oi vapaus !

Hups...olinpa ilkeä...Tsori siitä...

XXV

Valinnat ohjaavat elämäämme

Maailma on kaiken aikaa liikkeessä. Hetket tulevat
ja menevät. Onpa vielä niinkin, että jos ajattelemme
asuttamaamme maapalloa, kuljemme koko ajan yli
tuhannen kilometrin tuntivauhtia avaruudessa.
Huikeaa liikettä...

Kuitenkin elämässä oleellista on lepokitkan
voittaminen. Alkuyhteisössä varmasti oli tärkeää olla
nopea ja määrätietoinen jo pelkästään hengissä
säilyäkseen. Viidakon laki pätee yhä viidakossa.
Ihmisyhteisössä kuitenkin elämä on monisyisempi,
vaikkakin periaatteessa samoilla ehdoilla toimiva.

Aikainen lintu nappaa madon.

Tästä tuli mieleeni tuo ajatus siitä, miten elävät
organismit pyrkivät valoa kohti. Niinpä kastemato
nousee sateella maan pinnalle. Miksi? Jokin voima
sitäkin ohjaa, vaikka näin menetellen se joutuu ennen
pitkää linnun ruoaksi.

Meidän on joskus vaikeata käsittää luonnon kiertokulun johdonmukaisuuksia. Tuntuu kuitenkin siltä, että kaikessa luonnossa on olemassa kuin kirjoitettu laki, joka märää eri osioiden aseman ja liikkeet.

Planeettojen kiertoradat, auringon asema suhteessa sijaintiimme, valon ja pimeyden vaihtelut, vuodenajat, vuorokaudenajat...ja niin edelleen.

Kaikki noudattaa tiettyä johdonmukaisuutta.

Tässä vaiheessa täytyy tunnustautua ekumeenikoksi. En ole ateisti, mutta en myöskään teisti. Ehkä mieluummin hyväksyn kaikkien uskontojen sisällöstä sen, joka perustuu jumalallisen rakkauden mukaan vaeltamiseen. Miten itse kukin löytää tämän yhteyden Kaikkeuden kanssa? Jokainen itse tykönään voi löytää sen tai olla löytämättä.

Pantheon – kaikkien jumalten temppeli Roomassa

Kaikkeus. Oikeastaan siinä on minulle se, mistä niin paljon on luotu tarinoita ja näkemyksiä, jotka voivat kaikki olla yhtä oikeita tai vääriä.

Se, miten valitsemme oman uskomme kertoo oikeastaan meistä – ja tietysti siitä yhteisöstä, jossa elämme.

Valintoja. Primitiivisessä yhteisössä elämä perustui oikeastaan hengissäpysymiseen. Valinnat olivat yksinkertaisia, sillä väärät valinnat johtivat tuhoon. Maslown tarvehierarkia määrittelee tämän tilan perustilaksi.

Maailman kehittyessä ja kulttuurien eriytyessä tuli mahdolliseksi valita, mitä haluaa.Onko siunauksellista, että meillä on valtava määrä eri vaihtoehtoja valittavaksi vai onko parempi, että emme joudu koko ajan päättämään, mitä haluamme?

Tämän kysymyksen voi jokainen esittää itselleen aikanamme, joka tarjoaa valtavan määrän erilaisia asioita sulatettavaksi, ymmärrettäväksi ja koettavaksi.

Mitä me haluamme?

Kahvilan kassatyttö kysyy, mitä haluamme. Tarjolla on lattea, espressoa, cappuccinoa, macchiatoa, mokkaa... Tavallista ja erikoista. Tottumuksemme ja makumme sitten määrittelee, minkä vaihtoehdon valitsemme.

Minulle kahvin juonnin opetti isoäitini ollessani noin viisivuotias. Silloin lapsillekin tarjottiin pannukahvia, johon oli sekoitettu (kotona leivottua) pullaa. Se oli iso juttu sodanjälkeisessä Suomessa, jossa kahvin sijaan oli pitkään tarjottu korviketta, joka muistaakseni oli valmistettu pujosta.

En ole varma... Mummolle oli hyvin tärkeää saada aloittaa päivänsä oikealla kahvilla kun sitä oli vihdoin saatavilla. Kupitkin olivat hienoja – ja aika pieniä verrattuna nykyisiin puolen litran mukeihin.

Kahvi oli nautintoaine ja vielä luvallinen sellainen. Niinpä siitä kehittyi suomalainen perinnejuoma. Ruotsissa on vähän samanlainen fika-perinne. Kanelipulla kuuluu oleellisena myös siihen. Olisikohan niin, että mieltymykseni kanelipullaan juontuu jostain tällaisesta. Nykyisin juon aika vähän kahvia, mutta joskus kanelipulla kruunaa sen kokemuksen. Ei kylläkään järin terveellistä, mutta jollain lailla elämys, joka tuo mummon mieleen.

Valintojen runsaus nykyisin voi tuntua joskus jopa ahdistavalta, mutta mistäpä löytyisi sellainen cafeteria, joka tarjoaisi mummon pullamössöä...

Muutama vuosi sitten koin jonkinlaisen herätyksen, joka on sittemmin ohjannut ajatuksiani ja toimintaanikin. Se ei ollut mikään messiaaninen ilmestys vaan ihan arkinen oivallus.

Tämä tapahtui tilaisuudessa, joka oli järjestetty syyrialaisten kiintiöpakolaisten vastaanottamiseksi. No, ehkä ei ollut edes olennaista tämä tilaisuus ja siinä puhunut Rami Adham, joka sittemmin tuomittiin petoksista ym. Olennaisempaa oli, miten minulle valkeni, että olin siihen asti ajatellut, että pahuutta vastaan täytyy taistella ja löytää pahikset sieltä, mistä media heidät on spotannut. Tietenkin halusin olla hyvän puolella ja se ei ole muuttunut vieläkään.

Kuitenkin niin kovin helposti lähdemme taisteluun pahaa vastaan vielä suuremmalla pahalla ja samalla itse muutumme pahaksi.

Oma edellinen herääminen oli tapahtunut vuonna 1968 kun tajusin, mitä USA teki Vietnamissa ja Neuvostoliitto Tsekkoslovakiassa. En tietenkään hyväksynyt kumpaakaan.

Maailma kuitenkin toimii niin, että ei-sana ei ole käytössä.

Niinpä vain toiminta ratkaisee.

Minun jumalani ei siunaa aseita millään puolella.

Miksi siis lähtisin mihinkään vihaan perustuvaan liikkeeseen, vaikka maailma kuhiseekin epäkohtia, jotka vaativat korjaamista ja suunnan muutosta?

Päätin kohdallani, että saa riittää negatiivisuus.

Suunnilleen siitä hetkestä lähtien alkoi minulle avautua maailma uudella tavalla ja tavallaan vapaaehtoissovittelijana jatkan tätä prosessia.

Kuulen monen toistavan tätä "jos et ole puolellamme, olet meitä vastaan"-slogania, mutta miksi lietsoa ristiriitoja ihmisten välille kun kuitenkin meillä on tämä yhteinen planeettamme, joka kaipaa huolenpitoa. Aivan kuten lähimmäisemme ja lajikumppanimme. Jos perustan toimintani "vääriä" ihmisiä tai "vääriä" ajatuksia vastaan, muutun vain osaksi tätä pahaksi kutsuttua toimintamallia.

En kuitenkaan ryhdy myöskään ovimatoksi, sillä ihan eri juttu on puolustaa itseään ja toimia niissä asioissa, jotka vaativat toimintaa. Äitini kertoi periaatteenaan olevan, että häntä ei lyödä kahta kertaa. Ilmeisesti isäni ei sitten tehnyt niin kertaakaan. Ehkä vastenmielisyyteni väkivaltaa kohtaan juontaa siis jo sieltä.

Maailman voi kokea monella tavalla, kuten olen jo todennut. Tekemämme valinnat johdattavat toimintaamme, joten on hyvä aina välillä pohtia niiden merkitystä. Minulla nämä oivallukset tapahtuivat noin 50 vuoden välein, joten muuten olen ilmeisesti vain kulkenut mukana ajan hengessä, mitä se milloinkin on tarkoittanut.

Joskus huomaan ajattelevani, että olisi hyvä, jos ei ajattelisi mitään ja menisi vain aina muodinoikkujen mukaan, mutta kun kerran olen valinnut tämän tien, se lienee minun kohtaloni. Hmmm...olenko siis jopa fatalisti? Enpä tiedä ja muutenkin suhtaudun tietyllä varovaisuudella kaikenlaisiin nimityksiin ja määrittelyihin tiettyjen kaavojen mukaan.

Tyhjentävästi maailman henkeä ei voi oikein sanallisesti kuvata, koska olemme ikään kuin liikkeesssä siinäkin kaiken aikaa. Totuus näiden kaikkien pandemioiden ynnä muiden takana saattaa siis olla jotakin, jota emme vielä ymmärrä lainkaan.

Riittää maailmassa ihmettelemistä. Ilman salaliittoteoreetikkojen narratiivejakin.

Nyt voi joku sitten kysyä – ja ihan aiheellisestikin – hyväksynkö kaiken sen hirveydenkin, mitä maailmassa tapahtuu.

En tietenkään, mutta miksi toisin omaa pahuuttani tilalle?

Jokainen kamppailee tässä maailmassa omien ongelmiensa, haasteidensa ja demoniensa kanssa. Tämän ymmärtäminen jo sinänsä selkiinnyttää asioiden ymmärtämistä. Kaikkea ei voi hyväksyä saati arvostaa.

Jos oman elämän pyrkii rakentamaan niin, että lähdön hetkellä on mahdollisimman vähän kaduttavaa, voisi siinä olla hyvä peruslähtökohta.

Jotkut puhuvat equadorilaisesta elintasosta, jolloin eläisimme maapallon kestävyyden kannalta siedettävässä tilassa. Suomessa tuo tila ylitetään tilastojen mukaan jo keväällä. Maailmanlaajuisesti kulutuksemme ja toimintamme ylittää vuosittain maapallon uusiutumiskyvyn syksyllä.

Paljon ajateltavaa vaikka kaikkiin tilastoihin ei voi sokeasti luottaakaan.

Mitä sitten voimme haluta tältä maailmalta ja elämältämme?

Ehkä omalla kohdallani ensimmäisenä tulevat mieleen ihmissuhteet varsinkin lähimpieni kanssa.
Rahaa tarvitsen juuri sen verran kuin eläminen maksaa. Suomen talous on tällä hetkellä aika huonossa hapessa. Työttömyys jatkaa kasvuaan ja konkurssit lisääntyvät. Mikä ennen maksoi 0,99€, maksaa nyt 1,49€. Puhumattakaan muista laskuista.

Yleensä kun puhumme yhteiskunnasta, joku kaivaa heti esiin rahasummia, joilla asiat selitetään. Hmmm... no niinhän minäkin juuri tein. Kuitenkin se, mitä on näiden numeroiden takana on oleellisempaa.

En ole pitkään aikaan kuullut kenenkään kyselevän, mikä on itse asiassa yhteiskunnan funktio. Mikä on toimintamme tarkoitus? Onko se tuottaa aina vain enemmän riippumatta siitä, mitä se on?

Ikuinen taloudellinen kasvu on suuri utopia, joka huomattiin jo vuonna 1972 Rooman Klubin mietinnössä. Sen jälkeen on tietenkin tehty paljonkin ympäristöpolitiikassa ja uusien arvojen sisänajossa. Ihan ruohonjuuritasollakin meillä on laajasti otettu käyttöön kierrätys ja muut kestävän kehityksen toiminnot.

Moni asia on kulkenut hyvään suuntaan. Eettinen sijoitustoiminta on myös tullut tavoitteeksi monella taholla.

Toisaalta myös maailmaa tuhotaan ennennäkemättömällä tavalla. Ihan oma lukunsa on aseteollisuus, jonka ainoa funktio on tuhota. Järkyttävää on havaita, miten suuri on sen valta maailmassa.

Meillä on vain tämä yksi planeetta. Sen säilymisestä jälkipolville olen kiinnostunut. Globalisti-sanalla on nykyisin vähän huono kaiku, joten en käytä sitä itsestäni.

Näin siis minä ajattelen. En silti lähde saarnaamaan tai manifestoimaan mitään uskonkappaletta vaan siteeraan taas Ruonansuuta: "Aatteleppa ite!"

Aika moni asia avautuu itsenäisellä ajattelulla.
Tietoa on saatavilla kun oppii löytämään erilaisia
näkökulmia erilaisista kohteista.

Myös moderni teknologia voi oikealla tavalla
käytettynä auttaa. Meillä on kuitenkin hyvin rajallinen
tila, missä elämä on mahdollista. Se on hyvä muistaa.

Siinä hommassa helposti kyllä välillä masentuu ja
välillä järkyttyy, mutta mitä lähempänä todellisuutta
elää, sitä vähemmän joutuu itsepetoksiin.

Niistä tosin maksetaan hyvinkin joskus, joka on yksi
niistä epämiellyttävistä totuuksista, jotka helposti
saavat luovuttamaan.

Yksinäisyys on hinta, jonka joutuu joskus maksamaan
itsenäisestä ajattelusta, mutta todelliset ystävät
paljastuvat myös näin, joten hyödyt korvaavat haitat.
Jos nyt näin voi tässä yhteydessä edes ajatella.

Toisaalta myös kaksin yksin on usein huonompi
vaihtoehto kuin yksin yksin.

Tämä on tietysti pelkkä mutu-havainto, sillä en tiedä,
onko tätä tieteellisesti tutkittu.

Muutenkin on parempi itse tykönään ajatella, mitä
oikeasti haluaa elämältä.

Tieteestä on hyötyä ja muiden kokemuksista tietenkin,
mutta vasta oma tuntemus ja havainnot sekä
kokemukset voivat johdattaa oikeille jäljille.

Olen tässä kuvaillut omia tuntojani keväällä 2024.
Se, miten sinä koet nämä, on oma tulkintasi.
Se kertoo sinusta. Miten sitten tätä tulkitsetkin, on
olennaista, että laajennat sillä aloittamaani kuvausta.

Lopullista totuutta maailmasta ei voi esittää, koska olemme koko ajan liikkeessä.

Joillekin sopii kulkea viitoitettuja polkuja, jotkut taas haluavat raivata tiensä itse. Haluamisen kohteet myös vaihtelevat meillä eri aikoina. Luonnollisesti.

Jos olisin parikymppisenä tajunnut sen, mitä nyt, olisinko toiminut toisin?

Mielenkiintoinen kysymys entiselle ujolle maalaispojalle...

No, tässä sitä kuitenkin ollaan nyt.

Ja jälleen huomenna, jos aamuun asti jaksetaan...